잘하면 유쾌한 할머니가 되겠어

잘하면 유쾌한 할머니가 되겠어
트랜스젠더 박에디 이야기

초판 1쇄 발행 / 2023년 6월 30일

지은이 / 박에디
펴낸이 / 강일우
책임편집 / 김새롬 김유경
조판 / 박지현
펴낸곳 / (주)창비
등록 / 1986년 8월 5일 제85호
주소 / 10881 경기도 파주시 회동길 184
전화 / 031-955-3333
팩시밀리 / 영업 031-955-3399 편집 031-955-3400
홈페이지 / www.changbi.com
전자우편 / human@changbi.com

s h e

잘하면 유쾌한 할머니가 되겠어

트랜스젠더
박에디 이야기

h e

박에디 지음

창비
Changbi Publishers

t h e y

"언제부터 여자라고 생각했어요?"
사람들은 자주 이렇게 묻는다.
글쎄, 그게 그렇게 중요한가요?

엄마, 언니와 함께.
나는 스물세살쯤 가족에게 처음으로
커밍아웃을 했다.

옷을 사러 가면 남아용 코너와
여아용 코너 사이에서
늘 고민해야 했다.

이태원에서 살던 시절에 만난 교회 친구들.
트랜스젠더인 나를
있는 그대로 받아들여준 곳이었다.

바리스타 취업을 준비할 때
"군대를 다녀왔고 트랜지션을 진행 중이며
현재는 나를 여성으로 정체화하고 있다"라고
정확하게 내 이력서에 썼다.

에디의 삶

edhi

청소년 성소수자 위기지원센터 띵동에서 일하며
본격적인 인권 활동가가 되었다.

 2017년 퀴어문화축제에서는
사회자로 나서서
서울시청 광장을 누볐다.

트랜스젠더 인권운동단체 조각보에서 활동하며
나라는 존재는 성소수자들뿐 아니라
장애인, 노인, 어린이 등
다른 사회적 약자들의 삶과도
연결되어 있음을 깨달았다.

연분홍TV와 함께한 유튜브 채널
「퀴서비스」의 진행자로 활동하며
전국 퀴어들의 고민 해결을 위해 노력했다.

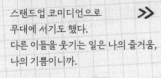

스탠드업 코미디언으로
무대에 서기도 했다.
다른 이들을 웃기는 일은 나의 즐거움,
나의 기쁨이니까.

내 몸을 찾는 여정에
도움이 되어준 친구들이다.

나의 소중한 가족, 온이와 열이.
나의 옛 이름 '박온열'에서 따온 이름을
붙여주었다.

LOVE

사랑하는 조카들과 롯데월드에 놀러 가는 길.
조카들에게 커밍아웃하는 일은
난이도 극상이었다!

내 삶의 선물 같은 친구 히지.
히지는 나를 위한
성확정수술비 모금에 나서주었다.
혐오세력 앞에서도
웃음을 잃지 않은 우리!

차별과 혐오 없는 세상에 살고 싶다!

시드니 퀴어축제에서
한국 퀴어의 끼를 마음껏 뽐냈다.

시드니 퀴어퍼레이드에는
성소수자 자녀를 둔
부모님들도 많이 참석했다.
다음엔 우리 부모님도?!

호주 맨리 비치 가는 길.
호주의 대자연은 성확정수술을 마치고
돌아온 나를 반겨주었다.

나는 앞으로도 당당하게
트랜스젠더의 길을 걸어갈 것이다.
당신들과 함께!

일러두기

1. 외국의 인명과 지명 표기는 국립국어원 외래어표기법을 따랐다.
2. 이 책에 포함된 트랜스젠더 의료정보는 의학 전문가의 감수를 받았으나 2023년 현
   재 국내에는 아직 트랜스젠더 의료 분야에서 확립된 지침이 없어 향후 변동될 가
   능성이 있다. 따라서 이 책에 언급된 의학정보를 참고할 때에는 바뀐 내용이 없는
   지 확인이 필요하다. 성별변경과 의료적 조치를 원하는 트랜스젠더에게 기본적인
   정보를 안내하는 웹사이트로는 '트랜스로드맵'(transroadmap.net)이 있고 '성소수
   자부모모임'(pflagkorea.org)은 「트랜스젠더 성확정수술을 위한 의료정보 가이드
   북 —지원단체 및 상담자 지침서」를 발행해 파일 형태로 무료 배포하고 있다.

3색 5선의 이 깃발은 트랜스젠더 커뮤니티를 상징합니다. 1999년 미국의 퇴역 군인이자 트랜스젠더 당사자인 모니카 헬름스(Monica Helms)가 디자인 했으며 2000년 미국 애리조나주 피닉스에서 열린 퀴어 퍼레이드에서 처음 공개되었습니다. 전통적으로 남자아이와 여자아이를 상징하는 옅은 파란색, 분홍색 줄무늬가 위아래 바깥쪽에 각각 두개씩 배치되어 있고 중앙에는 논바이너리(nonbinary), 간성(intersex), 성별정정을 하고 있는 사람 등 전통적인 성별 규범에 따르지 않는 사람, 기타 젠더를 가진 사람 모두를 상징하는 흰색 줄무늬가 있습니다.

매년 3월 31일은 전세계 트랜스젠더의 삶을 세상에 알리고 인식을 개선하는 트랜스젠더 가시화의 날이며 11월 20일은 트랜스젠더 추모의 날로서 트랜스젠더의 존엄성을 기념하고 트랜스젠더 인권운동의 성과를 축하합니다. 차별과 혐오가 만연한 세상에서 지금도 전세계의 트랜스젠더들은 자신의 삶을 가시화하고 서로를 지지하며 소중한 변화를 만들어가고 있습니다.

에(디에게 스)며드는 에세이, 시작합니다

일종의 '박에디' 시사회

나는 글보다 말로 웃기는 게 편한 사람이다. 아마 '에디'를 잘 아는 이들은 100퍼센트 공감할 것이다. 이런 내가 덜컥 펜을 잡은 이유는, 멋지고 존경하는 친구들이 내 이야기를 꼭 책으로 써서 알려야 한다고 바람을 넣어주었기 때문이다. 그렇다. 나는 이제부터 감히 '작가' 에디가 되어 나의 이야기를 시작해볼 참이다.

먼저 이런 이야기는 하지 않으려고 한다. "어릴 때부터 나는 한번도 스스로를 남자라 생각한 적이 없고, 바비 인형을 좋아했고, 치마를 입고 싶었는데 엄마가 못 입게 했어요. 하루하루가 너무 지옥 같았고 살고 싶지도 않았어요. 꼭 여자가 되어 이 몸을 탈출해야 한다는 생각 외엔 아무것도 할 수가 없었어요. 지금은 성별정정에 성공해 행복한 삶을 마주하고 있어요."

내가 지나온 시간은 사회가 말하는, 혹은 요구하는 트랜스 여성의 서사에 완벽히 들어맞지도 않을뿐더러 그것만으로는 설명할 수 없다. 그렇다. 정말 힘든 과거가 있었지만 그 과거를 마냥 꽁꽁 감추거나 지워버리고 싶지는 않다. "인생이 신 레몬을 주면, 레모네이드를 만들어라"라는 말도 있다. 고통스러웠던 시간 속에도 지금의 나를 지탱해주는 기억들이 있다. 나는 내 몸으로 느꼈던 햇빛과 바람을, 조카가 태어났을 때 느꼈던 사랑을, 오래달리기에서 학교 대표로 1등을 했을 때 벅차오르던 기쁨을, 군대 동기들과 삶의 목표에 대해 이야기할 때 가졌던 열정을, 완벽하지는 않아도 사는 게 참 좋구나, 싶었던 순간들을 기억한다.

비유를 한다면 흑백 TV에서 컬러 TV로의 발전사 같은 인생이랄까. '박에디'로 살기 이전에도 '박온열'로 살며 그리던 수많은 그림이 있었다. 하지만 그 그림들은 군데군데 흑백으로 얼룩져 있다. 그러다 이십대 중반쯤 내가 나를 받아들였을 때 비로소 거기에 총천연색이 입혀졌다. 세상이 이렇게 아름다울 수 있다는 걸, 다른 사람들이 보는 세상은 이렇다는 걸 깨달았다. 트랜지션 전에도 많은 사람을 만났지만 그때의 나는 언제나 내가 하고 싶은 말보다는 할 수 없는 말을 생각했고, 상대방이 듣고 싶을 말을 먼저 골랐다. 트랜지션 이후의 '에디'는 온전하게 나로서 존재하고, 나로서 관계 맺을 수 있었다. 내가 나로서 말할 수 있다는 자유가 좋았다. 소중한 친구와의 만남이, 좋아하는 사람과의 대화가 무엇인지 진정으로 알게 되었다.

이렇게 나는 내가 찾은 박에디의 삶에 대해 들려주고 싶어 이 글을 쓰게 되었다. 100명의 트랜스젠더가 있다면 100가지의 트랜스젠더 인생이 있다. 이 책에서는 그중 내가 가장 잘 아는 한가지, 나의 삶에 대해 이야기해보려 한다. 청소년 성소수자를 만나는 인권 활동가, 남은 생을 잘 살고 싶은 87년생 직장인, 한때 이태원 주민, 커피로 힐링하는 전직 바리스타, 강아지 온이와 열이의 가족, 두차례 워킹홀리데이를 떠난 여행자, 여러 행사의 사회자……. 이렇게 나열해보니 당신에겐 갑자기 마주하게 된, 꽤나 부담스러운 개인의 고백일 수 있겠다.

당신 앞의 두꺼운 책

나는 스물세살쯤 가족에게 처음으로 커밍아웃을 했다. 20년이 넘도록 나와 내 몸에 대해, 나는 왜 남들과 다르고 세상에 속하지 못하는지에 대해 스스로 터득하기까지 수없이 고민한 결과였다. 하지만 용기를 내서 꺼내놓은 나의 두꺼운 책을 내 앞의 가족들은 겉표지조차 넘겨보지 않는 것 같았다. "그동안 참 많이 힘들었겠다" "네가 생각하는 너의 정체성이 맞는다"라는 말보다는 "네가 왜? 확신할 수 있어?" "너 혹시 군대 가기 싫어서 그러는 거 아니야?" 같은 의심이 따라붙었다. 내가 나를 설명하는 것으론 충분치 않았다. 아니, 20년이 넘도록 착한 아들이자 동생, 착한 교회 청년, 착한 학생으로 어긋나지 않게 열심히 살아왔는데 가족이라면 나를 가장 먼저 이해해줘야 하는 거 아닌가? 당시엔 분하고 억울한 마음에 한동안 가족과 거리를 두기도 했다.

사람마다 다르겠지만 친구나 가족에게 하는 커밍아웃, 나아가 직장에서, 사회에서 하는 커밍아웃은 대개 오랜 시간이 필요하다. 불행인지 다행인지 사람들은 남의 이야기를 정말 잘 까먹고 그리 오래 담아두지 않는다. 가끔은 일부러 중요하지 않은 사실이라는 듯이 취급하는 것 같기도 하다. 이런 상황을 견디다보면 늘 나의 이야기는 아직 한번도 제대로 펼쳐지지 않은 채 책장 한구석에 꽂혀 있는 것만 같은 느낌이 든다. 그래도 괜찮다. 나는 성소수자들이 언제나 자신의 고향과 가족을, 자신의 서사를 새롭게 만들어나가는 모습을 지켜봤다. 나의 새로운 고향은 이태원, 지금의 가족은 단체 메신저 대화방에서 쓸데없는 대화로 나를 웃겨주는 퀴어 친구들, 룸메이트 수달 샘과 우리 강아지 온이와 열이다. 이 안에서라면 나는 매 순간 극적인 도전을 하지 않고도 새로운 삶의 서사를 만들며 평온한 하루하루를 살 수 있다.

박온열에서 박에디로

부모님이 내게 주신 이름은 '박온열'이지만, 나는 더이상 이 이름을 쓰지 않는다. 트랜스젠더로 살아가며 만난 주변 사람들에게 나는 활동명 '에디'로 통한다. '에디'는 호주에서 일할 때 동료들이 지어준 이름이다. 영어 어감을 잘 모를 땐 마냥 예쁘고 좋은 이름이라고 생각해 여러 인권단체에서 활동할 때 쓰기도 했고, 인터뷰나 개인 발언도 이 이름으로 하고 다녔다. 한참 시간이 흐르고 나서야 영어를 잘하는 친구들이 '에디'(Eddy)는 '에드워드'의 약자라고, 한국의 '철수' 같은 이름이라고 했다. 남자 이름이라니 무척 당황스러웠지만 에디란 이름은 이미 내게 너무 많은 의미를 띠고 있었다. 트랜스젠더 인권단체를 준비하는 모임에서 처음으로 나 자신을 소개했던 이름이자, 사람들이 나를 기억하고 따뜻하게 맞이해줬던 이름이기도 했다.

물론 다양한 사회활동을 시작하면서 사람들이 트랜스젠

더에 대한 선입견을 갖고 볼까봐 긴장했던 순간들도 있다. 하지만 다행히 좋은 사람들을 만날 수 있었다. '뭐 괜찮네, 덤빌 만하네?' 이렇게 생각하며 내가 좋아하고 잘하는 것, 원하는 것을 하나하나 건드려보기 시작했다. 커밍아웃 이후 단절되었던 관계들, 내 과거와 화해하는 시간도 가졌다. 트랜스젠더로 살면 철저하게 혼자가 될 거라는 엄마의 걱정과는 다른 삶을 살았다. 오히려 나 자신에게 솔직해진 순간부터 많은 사람과 만나고 그들에게 사랑받는 경험을 할 수 있었다. '에디'라는 두 글자 이름 안에는 즐겁고 행복했던 그 시간들이 깃들어 있다. 그래서 에디라는 이름은 그대로 쓰기로 했다. 대신 영문 철자만 'Edhi'로 조금 바꿨다. 정확히 발음하자면 '박엘히'지만, 모두의 편안함을 고려한 내 이름은 '박에디'다.

아마도 이런 영화

간혹 사람들은 나에게 이렇게 사는 게 너무 힘들지 않느냐고 묻는다. 결론부터 말하자면 내 인생은 언제나 미래가 두려운 삶이다. 참고할 수 있는 롤모델도 거의 없고, 인생에서 중요한 결정을 할 때마다 내가 처음으로 이 길을 걷는 사람이 된 것만 같다. 남들에게 피해를 주지 않고 열심히 둥글둥글하게 살면 괜찮겠지 싶다가도, 그게 마냥 쉽지만은 않다. 트랜스젠더와 성소수자에 대한 혐오는 칼날처럼 날카로우면서도 한없이 가볍다. 내 삶을 아무리 피, 땀, 눈물로 이야기한들 혐오자들은 들으려는 노력조차 하지 않는다. 죽는 순간까지 혐오가 따라올 거라는 생각을 하면 두렵기도 하다. 하지만 어차피 그럴 바엔 내가 사랑하는 사람들에게나 잘하자고 마음을 먹곤 한다.

이제 나는 참 힘들었던 그때 내 곁에 있었더라면 좋았겠다 싶은, 과거의 나에게 꼭 필요했던 그런 존재가 스스로 되고 싶다. 그런 마음에서 청소년 성소수자들을 만나는 일을 시작한 셈이고, 언젠가 직접 원두를 볶는 카페를 차려 찾아오는 손님들에게 마음을 돌볼 여유를 선사하는 바리스타가 되는 게 꿈이다. 그렇게 나이 들고 싶다.

영화를 보다보면 등장인물이 자기 선택에 대해서든 삶에 대해서든 후회하면서 죽는 장면을 자주 목격하게 된다. 의미 없는 삶은 없을 테지만, 어떻게 살아야 나중에 죽음을 맞이하는 순간 조금이라도 덜 후회할 수 있을까 이따금 생각해본다. 이렇게 살다 혼자 남을 거라는 두려움, 홀로 죽음을 맞이할지도 모른다는 불안함이 문득문득 찾아올 때도 있다. 하지만 이런 고민을 하는 사람이 나뿐은 아니겠지. 많은 성소수자가 이런 걱정을 안고 살겠지. 거기에 생각이 미치면 그런 사람들이 모여 서로 으쌰으쌰 힘을 북돋우며 오순도순 사는 모습을 꿈꾸게 된다. 내가 아끼는 사람들의 마지막 순간에는 꼭 그 곁을 지키고 싶다는 소망. 당신이 혼자 쓸쓸하게 세상을 떠나도록 남겨두지 않겠다는 다짐. 그리고 나의 마지막에도 당신들 중 누군가가 함께했으면 좋겠다는 희망까지.

박에디는 뭘 위해 사느냐고 묻는다면, 사람들을 사랑하고 싶고 사랑도 받고 싶어서 산다고 답하겠다. 나 정말 괜찮은 사람이라고 나를 사랑하는 사람에게 기억되고 싶기도 하고, 문자 그대로 열렬한 사랑도 해보고 싶다. 사랑에 관해 나는 참 소극적이다. 트랜스젠더인 내가 받는 혐오와 낙인이 나를 사랑하는 사람들에게 향하는 걸 보면 마음이 너무 아플 것 같다. 그래도 박에디는 여기 사랑 찾으러 왔습니다. 연락 주세요?

사실 방금 한 말은 반쯤 농담이지만(아니, 진담이다), 나는 정말로 이 책을 통해 독자들의 아는 언니/누나, 아는 동생 박에디가 되고 싶다. 이 책은 시리즈 전체를 다 보고 나면 주인공을 꽤 잘 알게 될 영화다. 장르는 대부분 코미디, 때로는 스릴러, 가끔은 가족영화, 바라건대 로맨스다.

차례

당신을
믿지 못해
미안해

소중한 일회용 배터리

　동네 편의점 사장님이나 단골 카페 사장님에게 "나는 트
랜스젠더입니다"라고 스스로를 설명하는 건 어렵지 않다. 서울
시내 한복판에서도 외칠 수 있다. 오히려 가장 가까웠던 이들
에게 나를 소개하는 일이 늘 곱절은 힘들다. 이런 어려움은 나
만 겪는 일이 아닌 것 같다. 오랫동안 공개적인 성소수자로 활
동해온, 뉴스에 나올 정도로 유명한 인권운동가들도 정작 부
모님에게 커밍아웃하는 건 어려워하는 경우를 가끔 보았다.
2012년 호주를 다녀온 뒤 트랜지션 2년 차가 되었을 무렵 몸의
변화가 눈에 띄기 시작했고, 물음표 가득한 눈빛으로 어디 아

프냐며 나를 살피는 엄마의 걱정이 커졌다. 더이상 숨길 수 없다고 판단하여 부모님에게 상황을 설명하고 커밍아웃을 해야만 했다. 피하고 싶은 일이었지만 그대로 마주해야 하는 일이었다. 막 의료적 트랜지션(트랜스젠더가 자신의 성별정체성에 맞게 살아가기 위해 기존의 외모, 신체 특징, 성역할 등을 변화시키는 것을 트랜지션이라고 한다. 의료적 트랜지션으로는 호르몬 치료, 성확정수술 등이 있다)을 시작한 후 용기를 내어 커밍아웃을 했을 때 부모님 반응은 이랬다.

> **부모님** 트랜지션? 트랜지스터 다루는 공장에서 일하는 거야?
>
> **에디** 아뇨. 제가 원하는 성별이 되기 위해 호르몬 치료를 받고 신체를 변화시키는 거예요.
>
> **부모님** 그럼 여자가 돼서 남자를 좋아하겠다는 거니? 홍석천 씨처럼 레스토랑 할 거니?

트랜지션에 대해 아무것도 모르던 부모님이지만 시간이 지나고 변해가는 내 몸과 스타일을 보면서 두분의 반응도 달라지기 시작했다. 본가에 방문하면 아빠는 내가 바로 앞에 있는데도 내 눈을 피하며 안부를 물었다. 그러다 내가 가고 나면 엄마에게 "쟤는 왜 저런 (여성용) 신발을 신냐?"라며 묻곤 했다고 한다. 그런데 지금은 주변 분들에게 이렇게 나를 소개한다. "쟤는 자유롭게 사는 신세대야."

엄마의 경우는 어떨까. 엄마가 내게 건네는 안부인사는 "왜 그렇게 (여자처럼) 입고 다녀?"라는 말이었다. 하지만 시간이 흐르자 그 질문은 "바다에 놀러 가는데 수영복 좀 빌려줄래?"로 바뀌었다. 왜 그걸 나한테 빌리는지 물어보니 "너는 그런 거 있을 것 같아"라는 대답이 돌아왔다. 이런 대답을 들을 때마다 나는 아직도 '날 받아들이신 건가, 아니면 나를 여장 남자 정도로 생각하시는 건가' 싶은 고민에 빠진다. 그렇다고 부모님에게 걱정을 끼치긴 싫고, 내 마음을 아프게 만드는 말을 그분들 입을 통해 듣게 될까봐 두렵기도 하다.

서른살이 넘은 지금도 나는 부모님 앞에 '온전한 나'로 서고 싶은 마음과 걱정 안 끼치는 자식으로 보이고 싶은 마음을 오가며 갈등을 겪고 있다. 트랜스젠더의 삶을 시스젠더가 잘 모르듯 나 역시 부모님이 겪은 시스젠더의 삶을 잘 모른다. 각자 경험하지 않은 삶을 이해하는 데엔 한계가 있을 것이다. 하지만 우리의 삶이라는 시계의 배터리는 일회용이니까, 나는 이 귀중한 시간을 최대한 서로를 이해하는 데 쓰고 싶다.

확실한 커밍아웃이 필요해졌다

커밍아웃을 하고 5년 뒤 엄마와 함께 살기로 약속했다. 평생을 고생만 한 엄마의 삶을 목격한 사람으로서, 그녀에게 가장 두려운 일이 홀로 남겨지는 것이란 고백을 들었을 때 가슴이 쿵하고 내려앉았다. 엄마의 삶을 더는 외면할 수 없음을 온몸으로 깨달았다. 나를 찾는 여정만큼 엄마의 삶 또한 내가 안고 가야 할 여정처럼 느껴졌다.

아직 시간이 있다고 생각하니 엄마와 같이 살기 위해 당장 해결해야 할 일 몇가지가 보였다. 일단 내가 어떤 몸으로 살고 싶은지, 어떤 길을 걸어왔는지 엄마와 확실히 짚고 넘어가야 했다. 나이가 들어서도, 함께 살면서도 목소리를 억지로 낮추고 나를 감춰야 하는 삶이 계속되면 후질 거 같았다. 엄마에게 성확정수술을 결심했다는 사실을 말해야만 했다.

며칠을 고민했지만 세상 그 어떤 달달한 문장이나 단어로 성확정수술을 설명해도 충격을 줄일 수는 없음을 금세 깨달았다. 그래서 단순하지만 가장 명확하게 엄마에게 나의 계획을 선포하기로 했다. 우선 깊게 심호흡을 했다. 그러곤 자연스러운 말투로 엄마에게 메시지를 남겼다. "일 끝났어? 보고 싶기도 하고, 하고 싶은 말도 있어요." 엄마에게서 바로 답장이 왔다. "너 수술하게?" 내가 할 말을 곧장 알아차린 59년생 엄마의 동물적 감각에 87년생 트랜스젠더는 무방비가 되었지만 숨을 고르고 대화를 이어갔다.

> **에디** 엄마, 나 수술하기로 결정했어요. 더 늦기 전에 해야 해서.
>
> **엄마** 아이고, 그건 아니지 않니?
>
> **에디** 뭐가 아닌데? 자꾸 쉽게 이야기할 거야? 그건 그렇고 엄마 주식 이야기가 듣고 싶어.
>
> **엄마** 그래. 일단 만나서 이야기하자.

59년생 엄마의 관심사 '주식'의 도움으로 어렵사리 약속을 잡았다. 그리고 엄마를 만나기 전 무엇을 해야 할지 고민했다. 내가 떠올린 준비물은 "수술하기로 결정했어요!"라는 심플한 문장과 친구들이 보내준 응원과 격려의 편지, 성주체성장애 진단서, 그동안 해온 인권단체 활동을 기록한 사진과 인터뷰 기사 등이었다. 이렇게 모은 것들이 엄마가 나를 이해할 만한 충분한 자료가 될 것 같았다. 그리고 대망의 그날이 왔다. 내가 먼저 말을 꺼냈다.

> **에디** 엄마, 기억나? 나에 대해서 이야기한 날. 그때 엄마가 처음으로 했던 말은 "군대 가기 싫어서 그러는 거

지?"라는 질문이었어. 그래서 그게 아니란 걸 보여주려고 군대도 갔어. 나중에 엄마는 수술만은 하지 말고 살라고 내게 말했지. 그래서 말 잘 듣는 자식이 되고 싶어서 그렇게 살아보기도 했어. 그런데 아직도 나는 내 몸이 싫어. 어떤 때는 몸을 보지 않으려고 화장실 불을 끄고 씻기도 해. 근데 이제는 힘들어. 마음 편히 살고 싶어. 내가 나랑 싸우는 일 이제 그만하면 좋겠어. 그래서 태국에 가서 수술을 하려고 해요.

엄마 엄마는 네가 후회할까봐 그랬지. 수술한 뒤에 너무 힘들어서 다시 복원 수술했다는 사람 이야기도 들었어. 그런 얘기까지 들으니까 엄마는 당연히 걱정이 되지. 네가 수술하고 나서 후회할까봐 너무 걱정이 된 거야.

에디 그럴 수도 있겠지. 하지만 내 주변에 있는 트랜스젠더 당사자들은 수술하기로 한 결정을 후회하진 않아. 수술을 하고도 변하지 않는 세상과 자기를 함부로 대하고 혐오하는 사람들 때문에 힘든 거지. 나도 나름 잘 살고 있어. 오히려 수술을 늦게 하면 후회할 거란 생각이 들어. 이미 늦었다는 생각도 들고.

엄마 주변에도 너 같은 사람들 많이 있어? 잘 살아?

에디 응. 그런 친구들 엄청 많아. 그리고 행복하기 위해 다들 노력하며 살고 있어. 사실 엄마에게 말 안 하고 수술할 수도 있어. 하지만 이 괴로운 순간을 견디며 이야기를 꺼내는 이유는, 앞으로 엄마랑 같이 살기 위해서 꼭 서로 짚고 넘어가야 할 일이라고 생각해서야.

엄마 엄마는 네 선택으로 네가 나이 들어서 홀로 살까 봐 두려워. 혼자 산다는 거 쉽지 않은 일이거든. 네가 외롭지 않게, 힘들지 않게 살았으면 좋겠어.

에디 트랜스젠더라고 해서 꼭 외롭게 사는 건 아니야. 날 지켜보면서 응원해주는 사람이 많아요. 트랜스젠더 인권 활동을 하면서 알게 된 사람도 많고. (인터뷰 자료를 꺼내며) 이런 자료들 좀 보세요. 무엇보다 내가 힘들거나 외로울 때 엄마가 나를 도와주고 이해해주면 큰 힘이 될 것 같아.

엄마 (한숨을 내쉬며) 그래, 후회하지 말고 살아. 근데 성확정수술이란 거, 위험하거나 엄청 아픈 수술 아냐?

에디 응. 수술비 낼 때가 제일 아프대.

몇번 울기도 했지만 한시간 만에 엄마를 상대로 한 나의 유구한 커밍아웃 역사에서 가장 확실한 커밍아웃을 끝냈다. "엄마, 나는 내 몸이 불편해" "아들이라고 부르면 마음이 아파. 그냥 나를 에디라고 불러줘" "나 사실 트랜스젠더야"라고 대사를 바꿔가며 시도한 이전의 커밍아웃들과 비교해봤을 때 제일 깔끔하고 만족스러운 커밍아웃이었다. 이번엔 엄마도 확실하게 이해한 것 같았다. '트랜스젠더'라는 단어조차 제대로 말하지 못해 늘 빙빙 돌려 말하던 과거와 달리 이번엔 엄마도 '수술' '트랜지션' 같은 단어를 분명히 이해했고 직접 당신의 입으로 이 단어들을 말하며 나와 소통했으니까. 더는 엄마가 나의 고백을 가볍게 듣지 않는 것 같았고, 나 또한 나의 말을 진지하게 듣기 시작한 엄마에게 태국에 가서 성확정수술을 하고 올 거라는 계획을 정확히 전달할 수 있었다.

그동안 한 사람의 트랜스젠더로서 나름대로 잘 살고 있는 모습을 보여드리려고 노력한 덕분이었을까. 엄마에게 인권단체에서 열심히 활동하는 사진을 보여드리고, 함께 일하는 친구들과 잘 어울리는 모습을 보여드리려고 애썼기 때문일까. 자주 전화해 "사랑해요"라고 말한 순간들이 엄마의 귀와 마음을 활짝 열어준 것일까. 성적지향, 성별정체성에 따른 커밍아웃은 절대 한번에 끝나지 않는다. 여기까지 도달하는 데도 긴 시간이 걸렸지만, 나는 앞으로 더 긴 시간이 필요할 거라고 생각한다. 끝을 알 수는 없어도 계속해서 나를 설명하고 진심을 전하다보면 상대방의 마음에 닿는 '완벽한 순간'에 도달할 수 있을 거라 믿는다.

지금껏 숱한 커밍아웃 드라마를 찍었건만 내겐 앞으로도

해야 할 커밍아웃이 많이 남아 있다. 부모님은 앞으로도 여러 번 당황할 것이다. 성확정수술 후 변화하는 내 몸을 보면 또 어떤 말씀을 하게 될까. 성별정정이 된 주민등록증이나 등본을 보고 너무 놀라진 않을까. 앞으로도 계속 변화할 나는 또다시 부모님의 걱정 섞인 아픈 말을 듣게 될지도 모른다. 하지만 지금까지 이루어온 부모님의 긍정적인 변화를 생각하면 미래가 그리 어둡지만은 않은 것 같다. 그날을 상상하며 나는 오늘도 부모님에게 "사랑해요"라는 인사를 전한다. 앞으로도 꾸준히 트랜스젠더로서 내가 어떤 경험을 하며 살아가고 있는지, 나의 동료, 친구 들과 어떻게 서로 의지하며 살아가는지, 나의 삶과 존재를 보여드리고자 한다. 끝없는 커밍아웃의 진짜 끝에 도달하기 위하여.

에디는
에디니까

커밍아웃 난이도?

커밍아웃의 난이도는 상대방이 나와 가까운 정도에 비례
한다. 오랫동안 봐왔고 함께한 시간이 긴 사람들에게 나의 정
체성, 나의 진실을 내보이는 일이 왜 이렇게 힘든 걸까? 겉은
바삭하고 속은 촉촉하게, 요즘 표현으로 '겉바속촉'의 느낌을
잘 살려 겉으론 담담하게, 속으론 진솔하게 나를 설명하고 싶
은데…… 커밍아웃 9년 차, 트랜지션이 일상인 '프로' 트랜스젠
더는 여전히 괴롭다.

하나님의 이름을 들먹이며 쌍욕을 믹스 앤드 매치해 무장
한 혐오의 말들도 웃음으로 맞받아치던 '철의 여인'인 내게, 가

장 어려웠던 커밍아웃 퀘스트는 바로 조카들을 상대로 한 커밍아웃이었다. 사랑하는 조카들에겐 '제가 바로 트랜스젠더입니다. 실제로 보니 어떠신가요……?'라는 메시지를 남들에게 하듯, 도전적인 눈빛으로 전하는 방식으로 다가가선 안 될 일이었다.

조카들

사랑하는 내 조카들. 내게는 정확히 세명(준, 환, 훈)의 남자 조카들이 있다. 하지만 성장하면서 지정성별(출생 시 혹은 최초 법적 인적사항 등록 시에 성기 모양이나 형태를 기준으로 사회가 지정한 성별)과는 다른 자신의 성별정체성을 발견하게 될 수도 있으니, 나는 조카들을 대할 때 그들이 '남자'임을 의식하지 않으려 노력한다. 특히 '여자가!' '남자가!'로 시작하는 문장이나 '여성은 이래야 하고, 남성은 저래야 한다'는 단정적 표현은 누군가를 소외시킬 수 있는 말이라는 걸 알려주면서, 에디는 그런 말을 싫어할 뿐 아니라 그런 말에 상처받는다고 꼭 이야기해줬다. 완전히 이해하진 못하더라도 조카들 역시 눈앞에 있는 사람이 상처받을 수 있다는 것엔 공감하는 듯했다. 나중에 다 큰 조카들이 "에디는 트랜스젠더면서 어떻게 내가 퀴어라는 걸 알아채지 못했어?"라고 따지는 일이 생길까봐 미리 조심하고 있기도 하다. 이것이 지금껏 인권을 외치는 삶을 살아온 트랜스젠더가 다해야 할 책임과 의무라고 생각한다.

조카들 이야기를 좀더 해볼까. 첫째 준이와 둘째 환이는 내가 군 복무 중일 때 태어나 갓난아기 시절을 본 기억이 거의 없다. 셋째 훈이는 마침 내가 제대한 후 태어나 산후조리가 필요한 언니를 도우며 1년 정도 돌봐주었다. 정수리 숨구멍이 말랑말랑하던 훈이는 마치 선물 같았다. 나에게 '육아'라는 귀한 경험을 하게 해준 선물. 훈이는 유난히 잠들 때 뒤척임이 많았다. 그럴 때마다 훈이를 가슴에 안은 채 소파에 앉아 베개를 허리에 대고 45도로 몸을 뉘여 잠을 재웠다. 몇달 동안은 괜히 불안한 마음에 잠든 아기의 코와 가슴에 손을 대 수시로 숨소리를 체크하기도 했다. 하나의 생명을 키운다는 건 나의 생활리듬을 온전히 그 존재에게 맞추는 일이었다. 훈이에게 신경 쓰느라 정작 내 잠이 부족해졌다. 얼굴에 피지와 여드름이 가득했고 피곤에 찌들었지만 나와 눈이 마주친 아기가 미소를 보여줄 때, 그리고 서로를 가만히 응시할 때 피로는 싹 날아갔다. 최고의 행복이었다. 그렇게 말이 통하지 않는 생명과 1년이란 시간을 붙어 지냈더니 훈이는 형부나 시댁 어르신의 품보다 내 품을 더 익숙하게 느꼈다. 언제나 나를 찾고 의지하며 안정을 느끼는 훈이의 모습에 어렴풋이 자식을 향한 사랑을 이해했다.

그런데 이런 존재에게 커밍아웃을 한다고? 일정 시간 동안 나를 온전히 바친, 내가 사랑으로 돌본 존재가 나를 부정하는 눈빛을 보낼 수도 있다는 사실이 두려웠다. 무럭무럭 크는 조카들을 보면서 나는 성별을 구별하기 시작하는 나이, 정확히 말하면 사회가 규정해놓은 여성적인 것, 남성적인 것을 주어진 성별에 맞춰 수행하는 게 상식이라고 생각하는 나이가 몇살쯤인지 고민해보았다. 내 어릴 적을 생각하면, 초등학교 3학년 때부터 '여자 같은 남자아이' 또는 '남자 같은 여자아이'가 조롱거리가 되었던 것 같다. '여자 같은 남자아이'였던 내가 가져온 연필 색이나 공책 표지 디자인을 보고 반 아이들이 수군수군했던 일이 떠올랐다. 그때 내가 들었던 날카로운 말과 비웃는 눈빛을, 사랑하는 조카에게서 다시 경험하게 된다면 그보다 무서운 일이 또 있을까.

첫째 준이와 둘째 환이가 초등학교 고학년이 되면서 이런 고민은 더욱 깊어졌다. 언니의 부탁으로 언니네 집에 머물며 조카들을 몇개월간 돌봐주게 되었을 때였다. 하루는 부엌에서 설거지를 하고 있는데 거실에서 준이와 환이가 대화를 나누고 있었다. 가만히 들어보니 이런 이야기였다.

준이 에디는 남자일까 여자일까?

환이 음, 목소리는 남자 같은데 얼굴은 여자 같아. 헷갈리네?

둘은 이렇게 5분 정도 이야기하다가 변신하는 로봇 장난
감에 정신이 팔려 다른 이야기 주제로 넘어갔다. 하지만 그 대
화를 듣는 순간 나는 무심코 던진 짱돌에 뒤통수를 맞은 개구
리 신세가 된 것 같았다. 조카들에게 나에 대해 자세히 설명해
줘야 한다는 생각은 전혀 들지 않았다. 어떻게든 지금 이곳을
벗어나고 싶어져, 다 채워지지 않은 음식물쓰레기 봉투를 들고
집 밖으로 나갔다. 그리고 집 앞 놀이터 벤치에 한참을 멍하니
앉아 있었다.

어떤 방법이 있을까. 언제 말을 꺼내야 하나. 어떤 순서로
설명해야 조금이라도 이해한다는 눈빛을 볼 수 있을까……. 삐
걱거리는 두뇌를 풀가동했다. 휴대폰으로 이런저런 퀴어 커뮤
니티를 뒤져가며 트랜스젠더 당사자들이 쓴 후기를 훑어봤다.
부모, 형제자매, 혹은 회사 동료, 친구에게 하는 커밍아웃 스토
리가 대부분이었고 조카나 자식에게 커밍아웃을 했다는 후기
는 없었다. 오로지 나의 조카들만을 위한 커밍아웃을 창조해야
할 것 같았다.

내가 궁리한 첫번째 계획은 헉 소리 나는 선물 공세와 함
께 커밍아웃을 시도하는 것이었다. 유명 백화점 장난감 코너에
조카들을 풀어놓고 사고 싶은 거 하나씩 고르라고 한 뒤 평소

에는 어른들이 도저히 안 사줄 것 같은 수준의 커다란 장난감을 품에 안겨주며 "에디는 트랜스젠더야"라고 말하면 되지 않을까. 선물에 압도된 조카들이 적어도 부정적인 반응을 하지는 않을 것 같았다.

두번째 계획은 조카 셋을 한명씩 따로 만나 평소 가고 싶었던 곳에 데려가는 것이었다. 일대일 데이트로 놀이동산이나 극장, 동물원 같은 신나는 곳에 데려가 둘만 추억할 수 있는 좋은 기억을 만들어준 뒤에 헤어지기 전 진심을 담아 "에디는 트랜스젠더야"라고 적은 편지를 전해주면 어떨까.

하지만 아무리 그럴듯한 상황을 만들어 머릿속으로 시뮬레이션 해봐도 뭔가 찜찜했다. 진심으로 나를 설명하는 게 아니라 조카들에게 미끼를 던져 억지로 나를 이해해달라고 강요하는 느낌이었다. 다시 한번 커밍아웃을 받는 조카들 입장에서 생각해보기로 했다. 사랑하는 외삼촌이 갑자기 자신을 트랜스젠더라고 소개한다면 어떨까. 뭔가 다른 방법을 찾아야 할 것 같았다.

성별정체성, 지정성별과 실제로 자신이 인지하는 성별의 차이, 몸에 대한 자기결정권, 성전환……. 나를 정확하게 설명하기 위해 동원할 용어는 많았지만 어린 조카들 귀에는 어렵게 들릴 것 같았다. 우선 이런 용어는 쓰지 않기로 하고, 나를 설득하는 데 꼭 필요한 문장 하나만 머릿속에 남겨보았다. "에디는 남자의 몸으로 태어났지만 여자가 되고 싶어서 스스로 여자가 되었어." 이렇게까지 단순하게 말하고 싶진 않았는데 현재의 나를 설명하려면 이것만큼 분명한 말이 없었다.

여기에 살을 붙여 세상엔 에디와 비슷한 사람들이 어디에나 존재한다는 사실을 설명하고 싶었다. 성소수자 인권운동 단체에서 활동하며 모금운동을 위해 지역별로 정리해두었던 트랜스젠더 인구통계가 떠올랐다. 그 자료를 토대로 지도 앱을 켜고 조카가 살고 있는 지역과 그 인근에 실제로 몇명의 트랜스젠더가 살고 있는지 일일이 표시했다. 구체적인 이미지를 보여준다면 이해에 도움이 될 것 같았다.

초등학생들이 실제로 트랜스젠더를 만나면 던질 법한 질문도 생각해봤다. 훌륭한 전략 실행을 위해선 앞으로 벌어질 수 있는 상황을 예상해 미리 대처해야 하는 법! '에디는 변태야?'부터 '에디는 꼬추를 없애려고 하는 거야?'까지 오만가지 질문이 떠올랐다. 떠올리기만 해도 괴로운 질문들이었지만 '그래도 직면해야 해'라고 속으로 끊임없이 되뇌었다. 나중에 누군가 커밍아웃 경험에 대해 묻는다면, 그땐 정말 편한 마음으로 웃으면서 이 이야기를 말할 수도 있지 않을까 하는 희망도 품어봤다.

하지만 또다른 현실적인 고민이 떠올랐다. 자기 자식들에게 커밍아웃했다는 걸 알게 되면 언니와 형부는 어떤 반응을 보일까? 부모 입장의 두 사람이 '아이들에게 좋지 않은 영향을 미칠 수 있는데 왜 커밍아웃을 했냐'며 부정적인 반응을 보일 수도 있겠다는 생각에 이르자, 두려움이 온몸을 감쌌다. 한발 물러서서 상황을 바라보았다. 일단은 조카들보다 언니와 형부에게 먼저 이야기를 꺼내기로 마음을 먹었다. 형부에게도 정식으로 커밍아웃을 해야 하는 상황이었다.

형부에게 급 커밍아웃

나는 아직도 나를 생각하는 형부의 마음이 가늠도 되지 않는다. 처남이 처제가 되어가는 과정을 지켜본 사람. 내가 갓 스무살이었을 때부터 군대에 입소해 전역할 때까지, 그리고 트랜지션 전후에 일어난 나의 변화를 목격한 사람. 나 역시 호르몬 치료(내분비 호르몬을 주사 등의 방법으로 투여하여 본인의 성별정체성에 부합한 신체 외형으로 변화를 유도하는 의료적 조치) 이후 눈에 띄게 몸이 여성 체형으로 변하면서 늘 형부를 매형이라 불러야 할지, 형부라 불러야 할지 호칭 문제가 고민이 되었다. 그래서 둘 중 어느 것으로도 부르지 않고 형부의 이름 뒤에 '님' 자를 붙여 부르는 식으로 관계를 유지해왔다. 그러다보니 의도치 않게 늘 대화가 극존칭으로 흘러가긴 했지만 그래도 서로 적당한 거리를 두는 편이 모두의 평화를 위해 좋다고 생각해, 형부 앞에서는 늘 적당히 부담되지 않는 선에서 성별표현(외모나 옷차림, 목소리와 말투로 본인의 성별을 표현하는 방식을 지칭하는 용어)을 했다. 형부를 만날 때는 치마보단 바지를 입고 박스 티나 오버핏 티로 튀어나온 가슴을 가리곤 했다.

하지만 이번엔 '적당히' 넘어갈 수 없었다. 형부에게 정식으로 커밍아웃하는 일은 조카들에게 커밍아웃하기 위해서라도 반드시 넘어야 할 관문이었다. 일단 두어달 전 어느 모터쇼(친구인 드래그 아티스트 히지 덕에 초대받음)에서 경품으로 받은 200만원 상당의 명품 정장 교환권(중고 마켓에 내놨는데 아무도 사지 않음)을 드디어 쓸 때라고 판단했다. 형부를 명품 매장 앞으로 불러내 교환권을 전달했다. 교환권과 정장을 바꿔 들고 나온 형부는 기쁨에 만감이 교차한 듯 나의 커밍아웃에는 별 반응을 보이지 않았다. "트랜스젠더 수술? '성확정수술'이라고 말해야 한댔죠? 그거 다 하고 나면 처제라고 부를게요."

이 정도면 긍정적인 반응이 아닌가? 왜 '수술하고 나면'인지, 내 머릿속엔 물음표가 떴지만 뭐 어쩌겠나. 평생 '성소수자'라는 단어도 모른 채 완전한 시스젠더 헤테로 남성으로 살아올 수 있었던 그에겐 이 정도만 해도 엄청난 인간적 성장이지 싶었다. '성확정수술'이란 새로운 단어도 알게 됐고 말이다. 그래, 70점짜리 미션 완료였다.

언니에겐 이미 오래전에 커밍아웃을 했었다. 하지만 언니를 상대로 한 커밍아웃과 언니 자식들을 상대로 한 커밍아웃은 그 난이도 면에서 차원이 달랐다. 게다가 언니는 조카들의 엄마니까 커밍아웃 시기나 내용을 더 신중하게 고민할 수도 있을 것 같았다. 나는 언니에게 솔직하게 고민을 털어놓았다.

> **에디** 언니도 알겠지만 나는 준이, 환이, 훈이가 너무 사랑스러워. 그런데 성별을 인식하는 나이가 되면 트랜스젠더인 나로 인해 겪지 않아도 되는 어려움과 고민에 부딪힐까봐 걱정돼. 준이 친구들이 날 보고 '너희 이모 남자야, 여자야?' 하면 어떡해?
>
> **언니** …….
>
> **에디** 그런 모습을 보게 될까봐 두려워. 중학생이 됐을 때 일부러 거리를 두면 어떨까? 용돈만 주면서 사랑을 표현할 수도 있잖아. 그러다 대학생쯤 됐을 때 나에 대한 이야기를 꺼낼까? 그땐 애들이 나를 이해할까?
>
> **언니** …….

언니는 조용히 듣기만 했다. 곰곰이 생각을 하는가 싶더니 별일 아니라는 듯한 뉘앙스로 이렇게 말했다. "아직 일어나지 않은 일이잖아. 진짜 문제에 부딪히면 그때 머리를 맞대고 고민해보자. 애들한테 진심을 다하면 설마 그런 일이 일어나겠니."

언니 말이 맞았다. 그래, 아직 일어나지 않은 일이니 굳이 미리 걱정할 게 뭐람. 언제 커밍아웃을 하든 내가 아이들에게 진심으로 다가가면 된다는 것이 언니의 반응이었다. 충분히 언니가 나를 존중해주고 있다는 느낌이 들었다. 준비가 됐다면 괜찮다는 반응. 그래? 그럼 지금 커밍아웃해도 된다는 소리지 뭐. 드디어 나는 온전히 나로서 조카에게 커밍아웃하기 위해 넘어야 할 두개의 산(언니와 형부!)을 간신히 넘었다고 생각했다.

대망의 커밍아웃 데이

수만번 다음으로 미룰까 하는 마음이 들었다. 하지만 오늘이 아니면 할 수 없다는 생각으로 마음을 다잡았다. 평소처럼 아이들이 좋아하는 반찬을 만들기 위해 장을 보고, 집 안 구석구석을 청소하고, 쌓인 빨래를 했다. 시간이 얼마나 흘렀을까. 때가 되자 조카들이 학교에서 돌아왔다. 곧장 조카들을 불러 세운 뒤 할 말이 있다고 했다. 내가 평소와 다른 진지함을 뿜고 있어서였을까. 조카들 눈에서도 긴장감이 느껴졌다. 나 또한 손이 떨릴 정도였다. 진지함을 유지하기 위해 심호흡을 했다. 마음을 정리하고 그동안 준비한 말을 꺼냈다.

에디 지난번에 너희끼리 대화하면서 나의 성별에 대해 궁금해하는 걸 들었어. 너희들은 내 성별이 뭐라고 생각해?

첫째 준 여자 같은데 목소리는 남자 같아.

둘째 환 에디는 예뻐.

에디 ……(손을 바들바들 떨고 있음).

셋째 훈 ……?

에디 너희는 옛날에 에디를 외삼촌이라고 부른 적이 있어. 기억하니?

조카들 (한목소리로) 응.

에디 그때 에디는 너희에게 부탁했어. 에디를 에디라고 불러달라고. '외삼촌'이라는 호칭이 싫거든. 에디는 성별이 나타나는 호칭을 좋아하지 않아. 나는 너희와 같은 남성의 몸으로 태어났지만 내 몸을 보면 힘이 들고 스트레스를 받고 마음이 아파.

조카들 (한목소리로) 왜?

에디 에디는 스스로 여자라고 생각하거든. 그래서 내가 원하는 몸을 찾아가는 중이야.

그러자 첫째 준이가 물었다. "그래서 에디는 지금 여자야?" 내 입에선 "응, 여자야"라는 대답이 바로 나오지 않았다. 일반적인 시선에서 내 몸을 '여자의 몸'이라 할 수 없어서는 절대 아니었다. 조카가 던진 이 질문으로 나는 내 몸을 둘러싼 혼란에 다시 한번 직면하고 있었다. "음, 당장은 에디를 남자나 여자라고 생각하지 말고 '에디' 그 자체로 생각해줘. '에디'라고 불러줘. 그럼 에디가 행복할 것 같아." 고민 끝에 입에서 나온 나의 대답은 이것이었다. 에디는 앞으로 원하는 자신이 되기 위한 수술을 해야 하고 많은 변화를 겪게 될 거라고도 덧붙였다. 뭐라 말할 순 없지만 너희에게 나를 고백하고 있는 지금, 에디는 행복하다고도 말했다. 그러자 둘째 환이가 "에디는 에디니까"라고 말해주었다. 셋째 훈이는 나를 가만히 쳐다봤다. 이해하지 못하는 눈빛이었다. 하지만 의아한 눈빛 속에 무척 애정어린 눈빛도 섞여 있었다. 나를 설명하기엔 한없이 부족했던 내 말을, 결국 에디는 우리를 사랑한다는 의미로 받아들인 듯싶었다.

한번은 조카들과 집 근처를 산책하고 있었다. 첫째 준이는 새로 사준 장난감을 들고 있었는데 동네에서 놀고 있던 준이 친구들이 다가와 누가 사준 장난감이냐고 물어봤다. "에디가 사준 거야"라고 준이가 말하자 한 친구가 "에디가 누군데? 친척이야?"라고 되물었다. 준이는 나를 한번 바라보더니 "에디는 엄마 쪽 친척이야"라고 말했다. 그러자 친구들이 "그러니까 이모야, 외삼촌이야?"라고 집요하게 물었다. 친척을 부르는 일반적인 호칭을 쓰지 않는 점이 의아한 모양이었다. 준이는 당황한 듯 나를 가리키며 "에디는 에디야"라고 말하곤 자리를 피했다. 난감한 상황이었지만 그래도 나를 에디로 불러주겠다는 약속을 지키려는 모습이 기특했다. 준이 친구들은 나에게까지 다가와 "준이 이모예요?"라고 물어봤다. 당황한 준이 모습에 속상함과 짜증이 동시에 밀려왔다. 나는 아이들에게 엄격한 음성으로 단호하게 말해주었다. "그런 걸 왜 물어보니? 개인적인 질문은 실례야." 아마 이 동네에서 나란 사람은 이상하고 불친절한 사람으로 소문이 나 있을지도 모른다. 그래도 할 말은 해야 했다.

이런 일은 얼마든지 다시 벌어질 수 있다. 무시무시한 태풍이 머리 위를 지나갈 때처럼, 그저 빨리 시간이 흐르길 바라는 마음으로 견뎌야 할 일인가 싶기도 하다. 조카들의 눈을 마주칠 때마다 나를 어떻게 이해하고 있을지 알 수 없어 여전히 두근거리는 순간도 있다. 하지만 나는 스며들 듯 조카들에게 다가가려고 노력하고 있다.

착한 변태?

커밍아웃을 한 지 3년이 지났을 즈음이었다. 집에 놀러온 셋째 훈이와 TV를 보고 있었다. 「짱구는 못말려」 극장판이었다. 훈이는 초롱초롱한 눈망울에 짙은 회색 수염 자국이 인상적인 캐릭터 '로즈'에 집중하고 있었다. 둥글둥글하고 우람한 체격에, 팔뚝엔 털이 수북하지만 왕진주 귀걸이를 하고 목소리엔 우아함이 가득 담긴 저음과 고음이 적절히 섞여 있었다. "변태다!" 로즈가 위기에 빠진 주인공에게 도움을 주는 장면을 보고 훈이가 외쳤다. 짱구, 흰둥이, 짱구 아빠 신형만, 짱구 엄마 봉미선은 이름으로 불러주면서 로즈만 '변태'라고 불렀다. 로즈를 보는 조카의 눈빛에서 혐오나 불편함이 보이진 않았다. 혹시 훈이가 나도 변태라고 생각하는 것 아닐까? 아이를 유심히 살펴보고 있는데 나와 눈이 마주치니 갑자기 웃으면서 음료수를 마시고 싶다고 했다. 나는 그 말엔 응하지 않고 가볍게 물어봤다. "쟤가 왜 변태야? 매력적인데?" 훈이는 고민 없이 대답했다. "애들이 다 변태라고 불러서. 근데 착한 사람이야."

'착한 사람'이라는 말에 마음이 놓이긴 했지만, 여전히 훈이가 로즈를 변태라고 부른다는 점이 마음에 걸렸다. 또래 아이들이 그렇게 부른다면 우리 훈이도 어쩔 수 없이 영향을 받았겠구나 싶으면서도, 경력 많은 프로 트랜스젠더로서 그냥 넘어갈 순 없었다. 그래서 확실히 말해주었다. "로즈는 변태가 아니야. 로즈도 로즈라고 불러줘. 에디를 에디라고 부르는 것처럼." 그러자 훈이가 하는 말. "응. 근데 음료수 마시고 싶다니까?"

우리 조카 머리가 좋네

준이와 환이가 아이패드를 사달라고 조른 적이 있다. 엄마는 절대 안 사줄 것이며, 사달라는 말만 꺼내도 혼이 날 거라고 했다. 나 또한 벌이가 시원치 않아 내가 쓰는 아이패드도 6개월 할부로 겨우 살 수 있는 처지였다. 그래서 단호하게 안 된다고 했다.

에디 안 돼.
조카들 사줘.
에디 에디 돈 없어. 그리고 내가 사주면 너희 엄마한테 내가 혼날 거야.
조카들 그럼 삼촌이라고 부른다?

'삼촌'이라니. 새로운 영역의 혐오이자 협박이었다. 하지만 아무런 악의가 없는, 너무 투명한 협박이라 우리 조카 머리가 좋네 싶은 마음마저 들었다. 어떤 의미에선 영리하게 약점을 파악해 나를 괴물로 만든 느낌도 들었다. 곧장 두 아이에게 매운맛 두피마사지를 선물해줬다. 그 아무 뜻 없는 혐오에 무릎 꿇은 나는 몇년 뒤 첫째 준이가 고등학교에 진학할 때 아이패드 에어를 사줬고 둘째 환이와 셋째 훈이에겐 닌텐도를 선물해줬다. 기껏 사줬더니, 왜 아이패드 프로가 아닌 사양 낮은 에어를 사주냐는 불평을 듣긴 했지만.

조카들에게 커밍아웃한 지 벌써 5년이 흘렀다. 아직도 나는 에디라는 호칭이 편하다. 청소년이 된 조카들이 나를 어떤 성별로 인식하고 있는지에 대해선 여전히 물음표다. 하지만 적어도 어떤 호칭이 에디를 아프게 하는지 조카들도 알고 있는 듯하다. 지금은 그것만으로도 만족한다. 커밍아웃이란 게 문서에 쾅하고 도장 찍듯 단번에 완성되는 일은 아니니까. 옷감 전체에 아름다운 색이 천천히 스며드는 것처럼 나는 계속하려고 한다. 조카들의 마음에 나라는 존재 그 자체로 스며들고 싶다. 어차피 커밍아웃은 시간이 걸리는 일이니까. 앞으로도 사랑스러운 조카들과 할 일은 너무 많다. 에디는 에디임을 잊어버리지 말라고, 5년에 한번씩 새롭게 커밍아웃해도 괜찮을 것 같다. 매년 열리는 퀴어 퍼레이드에 맞춰 이벤트로 하면 어떨까? 너무 자주 하면 귀찮아 할까? 그러면 또 이렇게 말하겠지.

"또 커밍아웃하면 삼촌이라고 부른다!"

웃겨야
사는 여자

청중에게 웃음을 주는 사회자 역할을 곧잘 맡는다. 빵 터지는 드립과 개그 코드를 섞어, 분노와 슬픔의 눈물을 웃음으로 닦아내는 타입이기 때문이다. 그래서 어떤 자리든 행사에 나를 초대하는 이들은 내가 그 자리를 밝고 유쾌하게 만들어주길 기대한다. 나 역시 그 기대에 진심으로 부응하고 싶어 열심히 노력하는 편이다.

그렇게 사람들에게 웃음을 주기 때문인지 주변 지인들, 특히 트랜스젠더 친구들 사이에선 아무 때나 부담 없이 말을 걸어도 즐거운 기분으로 각성시켜주는 일명 '카페인 젠더'로 통하곤 한다. 나 스스로도 내가 타인에게 힘을 주고 있구나 싶어 보람을 느끼기도 한다.

　가끔은 트랜스젠더 친구들이나 비트랜스 성소수자 지인들로부터 "에디는 참 잘 살고 있는 것 같아"라는 말을 듣는다. 하지만 나는 그렇게 잘 살고 있지만은 않기에, 가끔은 힘든 티를 내고 엄살도 부려야 하나 싶다. 나의 진실과는 상관없이, 나라는 사람은 대체 언제부터 '웃기는 여자'로 살게 된 걸까.

　'트랜스젠더들 되게 힘들게 살지.' '참 괴롭고 힘들겠다.' 상대방이 내 앞에서 말을 고르는 시간이 감지될 때가 있다. 나를 물끄러미 바라보는 사람들 얼굴에 떠오르는 표정을 보면, 굳이 말하지 않아도 정수리 위에 동동 떠 있는 속마음 말풍선이 보이는 것 같다. 영 틀린 말은 아니지만 나도 사람인지라 그저 불쌍하고 힘든 모습이 아니라 유쾌하고 좋은 모습만 보여주고 싶다. 사회에서 버림받을까봐 괜찮은 척, 우스운 척 사람들 앞에서 연기하는 법을 먼저 배운 과거의 내가 여전히 나의 내면에 남아 있어서, 이렇게라도 남을 웃겨 스스로가 조금이라도 덜 비참해 보였으면 좋겠다고 속삭이고 있는 것 같다.

'하리수'라는 분기점

유년 시절, 어려운 환경에 놓일수록 밝게 웃고 유머를 잃지 않는 모습이 기본이 되어야 그나마 남들이 봐준다는 게 나의 세상 인식이었다. 누가 알려주지 않아도 약자일수록 그래야 한다고 자연스레 배우게 되었다. '난 남자가 아니야'라는 마음만 품고 살았던 그때 TV에서, 집과 학교에서 마주하는 말들은 소수자에게 참 잔인했다. 그건 어떤 악의에서 나온 행동이라기보다는 한낱 유희요, 일종의 사회적 트렌드이자 문화였다.

중학교를 다닐 때 TV에서 하리수 씨가 처음으로 커밍아웃을 했다. 사람들은 은연중 부정적으로 생각하고 있던 무언가가 눈앞에 나타나면, 갑자기 잊었던 것이 드러나기라도 한 듯 무차별적인 공격을 시작한다. 게이와 트렌스젠더 같은 성소수자의 존재에 대한 사람들의 태도 역시 무섭도록 냉랭했다. 그런데 그 존재들이 얼굴을 드러내고 말하기 시작하자 금세 가십거리가 되었고, 사람들의 관심은 뜨겁게 달아올랐다. 성별정체성(sexual identity, 지정 성별과는 상관없이 본인의 성별을 인식하는 내적 감각)과 성적지향(sexual orientation, 개개인이 어떤 성별정체성의 상대방에게 성적 또는 정서적으로 끌리는지를 나타내는 용어)을 구별하지도 못하면서, 자신의 존재를 밝힌 성소수자의 용기를 격려하기보다는 '그렇다더라' 하는 자극적인 이야기들이 넘쳐났다. 어떤 면에선 트랜스젠더로서 화장품 광고 모델로 발탁돼 센세이션을 일으키고, 활발한 방송 활동으로 성소수자에 대한 사회적 인식 개선에도 큰 영향을 미친 하리수 씨의 존재가 당시로선 나를 무척 괴롭게 한 것이 사실이다. 물론 지금 돌이켜보면 그분이 세상에 자신을 드러내기까지 얼마나 마음고생이 심했을지, 자신의 삶을 계속 살아내기 위해 어떤 고뇌를 했을지 그 고통의 깊이를 짐작할 수도 없다. 나 또한 트랜스젠더 인권운동가로 활동하면서 맨 앞줄에 서서 목소리를 내야 하는 사람의 어려움을 뒤늦게, 조금이나마 이해하게 되었을 뿐이다.

하지만 얼굴도 모르는 사람들에게 무차별적으로 조롱당하는 하리수 씨의 모습을 본 어린 성소수자 온열이는 그때 마음속에 선을 하나 그었다. 자신의 성별에 붙은 물음표와 거기에 따른 고민이나 걱정을 절대 들키지 않겠다고. 그들의 조롱거리가 되지 않기 위해, 나 자신을 성소수자로 인정하는 그 선을 절대로 넘어가지 않겠다고. TV에 하리수 씨가 나온 다음 날부터 쉬는시간 교실은 온통 그 이야기로 소란스러웠다. "하리수라는 사람 정말 여자처럼 꾸미고 TV에 나왔더라. 역겨워." "수술까지 했대. 여자처럼 예뻐 보이려고 꼭 그렇게 해야 했을까? 더럽고 징그러워." 이 주제로 이야기를 하다보면 대화 끝에 아이들이 '너도 그런 거 아냐?'라며 나를 트랜스젠더로 지목할까봐 내내 마음을 졸였다.

또래 남자애들과 다르게 카드캡터체리, 세일러문을 좋아하고 교과서 표지를 조인성 사진으로 감싸던 온열이는 이미 남달랐다. 좋아하는 TV 프로그램, 노래, 가수 등 모든 취향이 보통의 남자아이들과 다른 유별난 애였던 터라 항상 의심과 집요한 추궁의 대상이 되었다. 내가 제대로 대답을 못 하거나, 시원치 않은 반응을 보이면 아이들은 그냥 '재미'를 느끼는 듯했다. 괴롭힘이 반복되었다. '여자 새끼' '호모 새끼' '변태' 따위의 별명이 주어졌고 '온열이는 여자 옷을 입는다더라' '여자들이 가지고 노는 장난감이 집에 많다더라' 하는 소문이 퍼졌다. 사실이 아니라고 반박할 기회는커녕, 설명할 기회도 얻지 못했다.

나도 숨을 쉬어야 했다. 그래서 스스로를 지키기 위해 흠 잡힐 데 없는 '착한 애'가 되기로 마음먹었다. 아이들이 "온열이는 '그래도' 착한 애야"라며 나를 이해해주길 바랐다. 우선 나는 '인사맨' '안녕맨'이 되기로 했다. 지나가는 애들에게 "안녕!" 하고 먼저 밝게 인사를 하면, 처음에는 싫어하거나 무시하던 반 친구들도 단둘이 마주칠 때는 인사를 받아줬다. 착한 애가 되기 위해선 인사에서 그칠 수 없었다. 누가 교과서를 빌려달라고 하면 좀더 열정적으로 빌려주고, 준비물을 살 때도 필요한 친구들에게 나눠줘야 할 상황에 대비해 괜히 몇개의 여분을 더 샀다. 다음 수업을 준비하고 있는 선생님에게 달려가 수업 자료를 미리 받아 오고, 누가 시키지도 않았는데 칠판을 지우거나 노트북을 세팅했다.

　점심시간에는 일부러 배식을 맡았다. 다른 학생들의 식사가 끝난 급식실에서 조용히 혼자 밥을 먹기 위해서였다. 어차피 나는 쉬는 시간, 토요일 방과후 등 여유 시간에 언제나 혼자였다. 그래서 그 시간에는 학교 전체의 쓰레기 분리수거를 도맡아 했다. 분리수거를 어찌나 깔끔하고 부지런하게 잘했던지 선생님들도 교무실에서 나와 박수를 쳐줬고, 환경공무관분들은 내게 진짜 일 잘한다고, 학교 졸업하고 나중에 어른이 되면 동료로 같이 일하면 좋겠다고 칭찬해주었다. 페트병은 가능한 한 부피를 작게 줄이고, 종이상자는 착착 납작하게 접어놓았다. 그러면서 나의 외로움이나 비참한 마음 또한 아주 작은 크기로 납작하게 접어 내면 깊숙이 감춰두었다.

웃긴 사람 되기 프로젝트

　그러던 어느날 담임선생님이 나를 교무실로 불렀다. 그분 눈엔 내가 애쓰고 있는 모습이 보였던 것 같다. 갑자기 음료수를 건네며 자신의 이야기를 들려주셨다. 선생님도 학생 때 착한 애가 되고 싶었는데 자신이 진짜 천사가 아닌 이상 늘 착할 수만은 없다는 걸 문득 깨달았다고. 너무 힘드니까 그렇게 애쓰지 말라는 내용이었다. 그럴 수밖에 없는 내 처지를 선생님이 다 이해하고 있다고 생각하지 않았기에 빈 껍데기 같은 조언으로 들렸다. 하지만 집에 돌아가 생각해보니 나는 분명 천사가 아니었다. 스스로에 대해 고민하느라 머리가 터질 것 같은데, 힘든 하루를 버티기 위해 별별 방법을 찾고 있는데, 이렇게 속 모르는 조언까지 들어야 하나 싶어 화가 나기도 했다. 그래도 선생님의 말씀이 맞긴 했다. 사람들 앞에 좋은 모습, 착한 면만 보여주는 건 한계가 있음을 인정해야 했다. 나 자신을 보호하기 위해서라도 착한 아이가 되어야 한다는 강박에서 벗어나야 했고, 사람들에게 받아들여지기 위해선 다른 방법이 필요했다.

그러고 보니 수업시간에 웃음을 빵빵 터뜨리는 애들이 눈에 들어왔다. 반에서 놀려도 되는 사람을 손에 꼽자면 나는 1순위였다. 위축되고 소외될 수밖에 없었다. 그런데 늘 재미를 주는 친구는 어디에도 잘 섞이고 쉬는 시간에도 늘 혼자가 아니었다. 그 위치가 탐나기 시작했다. 그래서 나는 웃긴 사람 되기 프로젝트를 가동하기로 했다.

웃긴 사람 되기 1단계

우선 리액션으로 승부를 본다. 아이들을 관찰해보니 웃긴 친구가 농담을 던지면 다들 재밌다고 웃음을 터뜨렸다. 나는 누군가 개그를 시도할 때마다 누구보다 더 빠르게, 더 크게 웃었다. 눈치가 빨라서 그럴 수 있었다. 메인 메뉴가 되지 못한다면 임팩트 있는 사이드 메뉴라도 되자. 웃기지 못한다면 웃기라도 하자. 이건 괜찮은 전략이었다. 왜냐면 웃음은 전염되기 때문이었다. 내가 잘 웃는다는 이미지를 심어주는 것만으로도 아이들은 나를 '재미있는 애'라고 인식하기 시작했다.

웃긴 사람 되기 2단계

유행어를 연습한다. 나는 개그콘서트 영상을 인터넷으로 다운 받아 mp3 파일로 변환한 것을 열심히 들었다. 당시에는 개그맨 오승훈 씨가 연기한 황마담 캐릭터가 유행이었다. 황마담이 무대에 꼿꼿하게 서서 사람들을 웃기는 모습을 볼 때마다 여장을 하고 여성스러운 말투로 말하는 것이 이상하지 않을 수 있다는 것, 하나의 캐릭터가 될 수 있다는 것을 깨달았다. 이런 식으로 사람들에게 웃음을 줄 수 있다는 점도 좋았다. 그를 보며 나는 내가 가진 여성성을 일종의 캐릭터로 만드는 데 몰두했다. 온갖 유행어를 따라 하면서 친구들을 웃겼다. 그러자 놀랍게도 친구가 생기기 시작했다. 여전히 "왜 이렇게 여자 같아?" 같은 말을 듣곤 했지만 괜찮았다. 그저 남들을 웃기기 위한 '콘셉트'인 척할 수 있었기 때문이다. 장기자랑에 나가 유행어를 따라 하고 대히트를 치기도 했다. 그 결과 학교에서 나는 '대박 웃긴 애' '완전 또라이'로 소문이 났다. 다른 친구들이 수업시간에 공부하고 대학 입시를 준비할 때, 나는 내내 유행어를 연습하며 사람들을 웃길 타이밍을 노렸다.

웃긴 사람 되기 3단계

애드리브로 썩은 미소, 일명 '썩소' 날리기. 그때 썩소 연습을 하도 많이 해서 이제는 자동으로 나온다. PC방에서 친구들이 리니지를 하고 스타크래프트를 할 때 나는 썩소 연습을 했으니까. 너무 인상을 찌푸리면 안 된다. 입꼬리로만 은근하고 사회적인 미소를 지어야 한다. 절대로 눈이 경직되면 안 된다. 썩소는 건조하면서도 경멸을 담은 눈빛이 핵심이다. 누가 봐도 '아…… 저 말은 안 듣고 싶다'라고 느낄 만한 표정이어야 한다. 특히 선생님들이 말씀하실 때 내가 썩소 표정을 지으면 반 친구들은 물론이고 선생님조차 빵빵 웃음이 터졌다. 몇번 웃기고 나니 언젠가부터는 다들 내 반응을 살피고 은근히 기대하기 시작했다. 이제 일방적인 괴롭힘을 당한다든지 정말로 비참하다고 느끼는 순간은 많이 줄었지만, 더이상 '나'는 없었다. 매번 숨 막히는 연기력을 발휘해야 했다. 그래도 사람들 속에서 숨은 쉬어졌다.

생존과 웃음

성인이 되어서도 나는 이렇게 갈고닦은 유머 기술을 잘 써먹었다. 생존을 위한 필사적인 노력을 기울인 끝에, 이제 유머는 나의 일부가 되었다. 사실 사람들을 즐겁게 하는 일은 그 자체로 정말 매력적인 일이다. 어떤 이유에서 시작했건 간에 나로 말미암아 사람들이 웃을 수 있다는 사실은 큰 보람이다. 물론 여전히 안 좋은 버릇은 남아 있어서, 고등학교 때처럼 사람들이 나를 놀리거나 혐오하는 듯한 불안한 상황을 마주하면 자꾸만 실없는 소리를 내뱉곤 한다. 하지만 타인을 웃길 수 있는 유머 감각은 평소 사람들과 소통할 때 장점이 되어준다. 이제 나는 초면인 사람을 만나 대화를 나누는 게 어렵지 않다. 새로운 만남이 기대가 되기도 한다.

무엇보다도 이 자신감은 트랜스젠더의 길을 걷겠다며 온열이가 에디가 된 순간부터 생겨났던 것 같다. 나의 삶을 이해해주고 공감해주는 성소수자들을 주변에 많이 두기 시작하면서 내 삶에는 어느덧 든든한 울타리가 생겼다. 만약 청소년 온열이에게 이런 지원군이 있었다면 어땠을까. 더 강력하게 세계 만방을 향해 끼를 떨었을지도 모른다. 소리도 지르고, 왁! 하고 대들며 나를 혐오하는 이들에 대항해 싸웠을지도 모른다. 어쩌면 유리창을 깨부술 정도로 강력하게 분노를 표출할 수도 있지 않았을까. 지금 생각하면 내게는 왜 그저 하루하루를 버티는 방법밖에 없었을까 하는 아쉬운 마음이 든다.

삶의 굳은살이 생긴 지금은 안다. 그렇게 애쓰지 않아도 된다는 걸. 지금의 나에게는 내 정체성에 대한 자긍심이 있다. 친구들을 비롯해 나를 지지하는 사람들이 있다. 속상하고 부당한 일을 겪더라도 문제에 부딪혀보고 문제를 해결할 수 있는 자원이 있고 방법을 알고 있다. 아무것도 없었던 십대의 나는, 비참할 수밖에 없다면 최대한 덜 비참해지자는 마음을 먹는 것이 최선이었다. 하지만 지금은 홀로 버티고 견디지 않아도 되는 방법을 알고 있다. 그러니까 '에디는 재밌고 즐거운 사람처럼 보이지만 사실 그 뒤에는 이런 슬픈 이야기가 있었습니다'라는 게 내가 여기에서 말하려는 전부는 아니다.

나는 이제 나를 방어하기 위해 남을 웃기고 싶지는 않다. 사회적 소속감을 얻기 위해 필사적으로 남을 웃기고 싶지도 않다. 이제는 나를 나로서 바로 설 수 있게 해주는 사람들이 행복해질 수 있도록 웃음을 주고 싶다. 겨우 내가 살아갈 숨을 쉬기 위해 남을 웃기는 것이 아니라 다른 사람과 함께 숨 쉬며 살아가기 위해 사랑하는 사람들을 웃겨주고 싶다. 이제 내가 듣고 싶은 말은 "에디는 웃긴 사람이야!"라는 말보다는 "에디랑 같이 있으면 즐거워!"라는 말이다. 내가 줄 수 있는 웃음이 당장 외로운 누군가에게 홀로 버티고 견디지 않아도 된다는 용기를 줄 수 있도록. 부디 힘내라는 응원이 되도록.

나는 왜
내 몸이 싫지?

"그럼 너 여자야?"

"언제부터 여자라고 생각했어요?"

"언제부터 자신이 남들과 다르다고 느꼈어요?"

"언제 여자가 되겠다는 결심을 했어요?"

가족이나 친구, 직장 동료 들이 트랜스젠더의 삶이 궁금하다며 내게 자주 던지던 질문들이다. 어떻게 대답해야 할지 곰곰이 생각해보면, 도를 터득하거나 갑자기 깨달음이 찾아오듯 내가 여자라는 확신이 든 건 아니었다. 확실한 건 내가 부여받은 몸과 성별로 살 순 없겠다는 생각이 들었다는 것, 그런 의미에서 언제나 일반적인 사람들과는 다르다는 느낌 즉 성별위화감(출생 시 지정성별과 스스로 인식하는 성별이 불일치하여 트랜스젠더 당사자가 겪는 불쾌감 또는 신체적 위화감. '디스포리아dysphoria'라고도 한다)에 시달렸다는 것이다. 나는 남들이 말하는 여자/남자 구분에 속할 수 없었다. 태어나서 주민등록번호 앞자리 1번을 부여받고, 주변에서도 나를 남성으로 인식하며 대해줬지만 나는 일반 남성들과는 분명히 다른 점이 있었다. 행동이나 말투, 취향 등 나를 구성하는 모든 면에서 그랬다. "너는 남자인데 왜 이렇게 행동해?"라고 묻는 이들도 있었다. 그러면 나는 '남성스러움' '남성성'의 전형을 싫어한다고 답하곤 했다. "그럼 너 여자야?"라는 질문이 이어지기도 했는데, 그런 말에 부정은 하면서도 내심 뭐라 확정하기 어렵다는 생각이 들었다.

남아용 코너와 여아용 코너 사이에서

초등학교 2학년 때였던 것 같다. 부모님과 속옷을 사러 갔을 때였다. 매장 안에는 남아용 코너와 여아용 코너가 따로 있었다. 내가 좋아하는 만화영화 캐릭터 웨딩피치가 그려진 속옷은 여아용 코너에 있었다. 나는 그 옷을 사고 싶었다. 하지만 부모님은 로봇이나 운동선수가 그려진 파랗고 까만 속옷을 사주려고 했다. 가게 사장님까지 거들었다. 나는 단호하게 거절하진 못하고 싫다는 듯 고개만 가로저었다. 시무룩한 내 반응에 엄마는 "이 옷이 좋아? 저 로봇 그려진 옷은 싫어?"라며 열 번도 더 물어본 것 같다. 이렇게 버틴 끝에 아이보리색과 연두색이 섞인, 엄청나게 초롱초롱한 눈망울의 귀여운 고래가 그려진 민소매 티와 팬티 세트를 고르는 것으로 타협을 했다. 엄마는 내가 왜 로봇이 그려진 옷을 선택하지 않는지 의아한 반응이었다. 어쨌든 나는 새로운 속옷 세트 덕에 약간의 해방감을 느꼈다.

그전까진 유치원에서 체육활동을 할 때 남자애들과 다같이 화장실에서 옷을 갈아입는 게 싫어서 겉옷 속에 일부러 체육복을 입고 다녔다. 가뜩이나 평소에도 여자 같다는 소리를 듣는데 그 사이에서 옷이라도 갈아입게 되면 벌거벗은 채 구경거리, 놀림거리가 될까봐 두려웠다. 하지만 마음에 드는 속옷을 사고 나서는 기쁜 마음으로 자신있게 옷을 갈아입을 수 있었다. 친구들과 학교 근처 개울가에서 물놀이를 할 때도 겉옷이 젖는 일 없이 마음 편하게 속옷만 입고 놀 수 있었다. 속옷을 고르는 과정에서 약간 타협이 필요했지만, 이런 식으로 나는 아주 어릴 때부터 나의 욕망과 타인이 내게 기대하는 욕망 사이에서 적당히 줄타기하는 방법을 익혔다. 은연중에 진정한 나를 남들에게 드러내면 놀림을 받거나 따돌림을 당할 수 있다는 사실을 알고 있었다. 그렇다고 해서 나의 고민을 누군가에게 말할 순 없었다. 정체성에 대해 깊게 고민할 용기도 없었다. 내가 남성이 아닌 것 같다는 생각, 혹은 또래 남자아이들에게 더 끌린다는 생각을 남들에게 들키지 않도록 철저히 숨겨야 한다는 생각이 최우선이었기 때문이다.

하늘이

그러다 처음으로 '나'에 대해 깊이 고민하게 된 사건이 벌어졌다. 초등학교 3학년 때였을까. 풍물놀이반에서 활동하던 어느날 하늘이라는 남자아이를 만났다. 그애는 상모돌리기를 잘하는, 풍물놀이반 에이스였다. 지금도 그 얼굴이 머릿속에 선하게 떠오르는데, 영화배우 유지태를 닮았던 것 같다……

TV 드라마나 소설 속에서 훈남을 보고 반한 여자 주인공처럼 하늘이를 보면 심장이 두근거리고 수줍음을 느꼈다. 하루 대부분을 그애만 생각하며 시간을 보냈다. 서로 그렇게 친한 사이는 아니었다. 다만 만나면 인사하고 우유에 타 먹는 제티 코코아 가루를 서로 나눠주는 정도의 관계였다. 그런데 그애를 만날 때마다 늘 머릿속에서 가장 먼저 들었던 생각은, '내 몸을 감추고 싶다'는 거였다. 그애는 항상 내 모습을 돌아보게 했다.

이런 몸으로는 그애 옆에 있을 수 없을 것 같았고 그애와 나는 전혀 어울리지 않는 것 같았다. 수업시간에 그룹 활동을 할 때마다 남자 그룹에 속해 이름이 호명되는 날이면 알 수 없는 수치심을 느꼈다. 집까지는 버스로 여섯 정거장을 가야 하는 거리였는데, 괜히 사람들이 잘 안 다니는 길을 찾아 걸으며 원인 모를 억울함과 답답한 감정을 풀어보려고 노력했다. 이런 몸을 가진 나에 대한 원망이 생겼다. 잔잔했던 일상이 혼란스러워졌다. 이전까진 몸을 둘러싼 고민을 감추기 급급했다면 하늘이를 만나고부터는 그 고민들에 직면하게 됐다. 하늘이는 내 몸을 부정하게 했다. 급기야 정체성을 둘러싼 그 고민들은 날이 갈수록 깊어져 엄청난 스트레스로 다가오기 시작했다.

4학년이 되던 날 나는 전학을 가게 되었다. 이제 하늘이 때문에 받는 스트레스도 끝인가 싶었다. 하지만 늘 그애가 어떻게 지내는지 궁금했다. 시간이 꽤 지난 뒤 다른 친구와의 전화 통화에서 조심스럽게 하늘이의 안부를 물었다. 그동안 곁에서 알게 모르게 챙겨준 덕분인지, 친구는 내게 "하늘이가 너 보고 싶대"라며 말을 전해주었다. 음, 매번 제티를 나눠준 보람이 있군……. 하지만 하늘이에게 연락을 해볼 용기는 나지 않았다. 어차피 헤어졌으니까.

시간이 지날수록 하늘이에 대한 생각은 옅어졌지만 내 몸을 둘러싼 고민은 점점 더 짙어졌다. 친구들과 가재 잡고 삐라

줍고 다니는 단순한 생활 속에서 가족과 친구들의 뜻을 거스르지 않는 착한 아이로 살아가면 아무 문제도 없다고 생각했는데, 이제 이런 생각이 내 머릿속을 지배하고 있었다. "다른 아이들은 안 그런 것 같은데 나는 왜 내 몸이 싫지?"

외로운 고민

사춘기에 접어들자 친구들의 대화 주제가 변하기 시작했다. 더는 좋아하는 만화영화에 대해 전처럼 많이 이야기하지 않았다. 모두 저마다 좋아하는 아이가 누구인지 말하는 데 열심이었다. 그냥 지나가던 여자아이와 인사만 해도 주변에서 "야, 너 쟤랑 사귀어?"라는 질문을 듣곤 할 때였다. 쟤는 여자애들 많이 만나고 다닌다는 말, 여자애들하고만 친하다는 말과 "쟤는 호모처럼 하고 다녀. 여자 같아"라는 말을 함께 들으며 초등학교, 중학교 시절을 보냈다. 어쩔 수가 없었다. 똑같이 핑클 멤버들 사진을 보더라도 남자애들은 외모로만 누가 예쁜지를 따졌다. 반면 여자애들은 춤선, 스타일링, 목소리 등을 종합적으로 고려해 각 멤버의 매력도를 논했다. 나는 여자애들과 의견이 일치할 때가 많았다. 그 일치가 너무나 자연스러워서 단전부터 올라오는 뜨거운 공감대를 느낄 때도 많았다. 가끔은 여자애들의 말을 다 이해하면서도 다른 남자애들 시선을 의식해 "나는 남자니까 잘 모르지"라는 식으로 일부러 선을 그어야 할 정도였다.

이런 나였기에 때때로 마음속에선 몇가지 질문이 떠올랐다. '나 같은 사람, 어디 또 없을까? TV에 나오는 하리수 씨나 홍석천 씨가 전부일까?' 당시 청소년 에디의 주변에서 성소수자에 대한 정보를 찾기란 정말 어려운 일이었다. 더구나 집에선 언니와 컴퓨터를 같이 쓰고 있었다. 나의 검색 기록이 남을까봐 항상 걱정이 됐다. 문득 '내가 남장여자 같은 존재일까?'라는 의문이 들어 사용이 자유로운 PC방 컴퓨터로 '남장여자'를 검색해볼까 싶기도 했다.

이런 생각을 실행에 옮긴 건 한참 뒤의 일이었다. 방과후에 친구들과 게임을 하러 PC방에 간 어느날, 나는 게임 로딩을 기다리다가 야후 검색창에 '동성' '게이'라는 단어를 연달아 입력해봤다. 그다음엔 '남장여자'를 입력해볼 생각이었다. 하지만 검색 결과를 대충 훑어보기도 전에 금세 PC방 사장님이 내 자리로 달려왔다. "너 뭐 이상한 거 보는 거 아니야?" 나는 너무 당황했다. 사장님에게 대충 얼버무리고 쫓겨나듯 PC방을 뛰쳐나온 그날 이후로 인터넷에 궁금한 것들을 검색해볼 엄두는 나지 않았다. 성소수자나 성소수자 문화에 내가 접근할 방법이 전혀 보이지 않았다. 우리나라에, 지구상에 나 같은 고민을 하고 나 같은 괴로움을 느끼는 사람은 없는 것 같았다.

본격적으로 또래 친구들 몸에 2차 성징이 나타나면서 나의 삶은 더 각박해졌다. 이제 친구들의 대화 주제는 온통 몸과 성의 변화에 관련된 것뿐이었다. 더이상 또래 남자아이들 문화에 끼기 어렵다는 느낌이 들었다.

일요일이었을까. 친구가 부모님이 외출한 틈을 타 자기 집에서 함께 영화를 보자고 했다. 가봤더니 일곱명 정도가 모여 있었다. 대화 주제는 자위였다. 자위할 때 사정을 얼마나 하느냐고 서로 물으며, 너도나도 자기가 양이 많다고 자랑했다. 나는 관심이 없었기에 딱히 할 말도 없었는데, 갑자기 한 친구가 나에게 주목하더니 "너는 얼마나 하냐"라고 물었다. 나는 내 성기가 싫었다. 즐기기 위해 그걸 만진다는 건 생각도 할 수 없었다. 그 순간 당황해서 "나도 너희들과 비슷한 정도로 하는 것 같아"라고 얼버무렸다. 그러자 친구들은 내 표정을 보면 다 알겠다는 듯 "해본 적 없구만"이라고 일갈했다. 머리를 굴려 어떻게든 순간을 모면할 수도 있었겠지만, 나는 아예 그런 대화를 하고 싶지 않았다.

깨져버린 휴전 협정

친하게 지내던 여자아이들도 신체 변화가 일어나면서 조금씩 나를 멀리하기 시작했다. 월경이나 가슴의 변화에 대한 여자애들만의 대화에 나는 낄 수 없었다. 알고 지내며 인사와 간단한 대화를 나누는 친구들은 더러 있었지만, 이제 내 주변에 마음을 나눌 만한 친한 친구는 없었다. 여자 같다는 이유로, 잘생긴 남자 배우들을 유심히 봤다는 이유로 또래 그룹에서 얼마든지 왕따가 될 수 있는 시절이었다.

혼자 남겨지는 것이 싫어서 남자아이들 그룹에 끼어야 한다는 절박한 생각이 들었다. 혼자 있는 모습, 외로워하는 모습을 남들에게 보이고 싶지 않다는 마음이 컸다. 엄청난 위기였다. 또래 친구들을 상대로 그들이 나를 멀리하지 않도록, 그들이 나를 마음에 들어 하도록 철저히 가면을 써야 했다. 정체성 혼란에서 비롯된 고민보다도 혼자가 될 것이 훨씬 두려웠기 때문이다. 이렇게 마음 안팎으로 경계한 덕분에 나의 성별정체성과 관련해선 아무런 일도 일어나지 않았다. 아주 평화로웠다. '사회적인 나'와 '진짜 나' 사이에 이루어진 위태로운 휴전 협정 덕분에 당분간 유지될 수 있는 평화였다. 하지만 그 평화는 결코 오래 가지 못했다.

청소년기에 학교에서 살아남느라 성별정체성에 관한 고

민을 한껏 뒤로 밀어놓았더니, 대학생이 되자 아주 심각한 후폭풍이 몰려왔다. 겉모습을 꾸미기 시작하고, 이성을 만나기 위해 노력하고, 클럽에 가고, 데이트 비용을 마련하기 위해 아르바이트를 하고, 이삼년 뒤를 내다보며 취업 준비차 공부하는 모습들. 대학생의 평범한 일상을 구성하는 이런 요소가 나에게는 너무 새로웠다. 고등학교 때까지는 그저 선생님과 부모님이 하라는 대로 하면서 하루를 버티면 됐는데, 대학은 달랐다. 스스로 생각하며 살아야 했지만 나는 아무 생각이 없었고 이미 지쳐 있었다. 큰일 났다 싶었다. 이런 채로 평생을 살아야 한다는 생각이 들자 너무 막막했고, 무기력하고 무료했다. 그렇다고 부모님에게 나의 우울을 알릴 수도 없었고, 내가 우울하다는 말을 전할 용기도 없었다. 죽음에 대한 생각도 많이 했다. 나스스로 살아갈 가치가 없는 존재라고 느꼈기 때문이다. 강의 시간에 집중을 못 하는 건 물론, 학교 축제나 행사 때도 전혀 즐거움이나 소속감을 느끼지 못했다. 하루하루가 벌을 받는 것처럼 그냥 때우고 견디는 시간의 연속이었다. 미래도 이런 순간의 반복일 것이라는 생각에 별안간 책상에 고개를 파묻고 울기도 했다. 어떻게 계속 살아나갈 수 있을까. 신이 일방적으로 던져준 내 몸에 대한 고민에 평생을 질질 끌려다니는 게 억울하고 서러웠다. 외롭고도 외로웠다.

나는 트랜스젠더일까?

혼자 있는 시간이 많았다. 공백을 채우기 위해 홀린 듯 책이나 영화를 닥치는 대로 찾아보기 시작했다. 어려운 상황을 딛고 성공하는 영화 속 주인공들을 보면 그저 먼 나라 이야기 같고 잘 공감이 되진 않았다. 그러다 어떤 자기계발서에서 우연히 "네 마음을 따르라"(Follow your heart)라는 명언을 보게됐다. 그 책에선 중요한 결정을 내리고자 할 때 고민을 풀어나가는 법을 상세히 안내하고 있었다. 그중 마음에 와닿은 방법은 내가 어떤 결정을 내렸을 때 잃게 될 것과 얻게 될 것의 목록을 만들어 비교해보라는 것이었다.

이걸 즉시 해봐야겠다고 결심하게 된 건 늘 멍하게 앉아 있던 강의실에서였다. 교수님의 목소리는 한없이 멀리 있는 것처럼 잘 들리지 않았다. 아니, 듣고 싶지 않다는 마음이 더 컸던 것 같다. 나는 바로 노트를 꺼내 내가 성소수자로 산다면 잃게 되는 것과 얻을지도 모르는 것의 목록을 쭉 써봤다.

두서없이 떠오르는 대로 써내려갔지만 목록을 보니 생각이 정리되는 것 같았다. 성소수자의 삶을 살면 내가 잃어버릴 거라 생각한 것들은 이미 잃은 것들이기도 했다. 부모님과의 진실된 관계, 마음 터놓을 수 있는 학교 친구들, 진정한 의미에서의 고향 등등. 게다가 '정상인' 타이틀은 지금도 여자 같다

성소수자로 산다면?	
잃을 것들	얻을지도 모르는 것들
지금까지의 삶	나의 삶
이름	새로운 이름
가족	사랑하는 사람(남자친구)
학교 친구들	…연애?
남들 같은 삶	거짓말 안 해도 되는 삶
20년의 신앙생활	남자답게 살기 위해 고민 안 해도 되는 삶
'정상인' 타이틀	내가 원하는 스타일과 미모
평판	성소수자로서 속을 털어놓을 수 있는 친구
아빠 땅…	…독립(내 방!)?

는 소리를 수시로 듣는 마당에 그리 중요치 않아 보였다. 그보다는 앞으로 얻을지도 모르는 것들이 훨씬 소중하게 느껴졌다. 도전해볼 만한 것 같았다. 밑져야 본전이란 생각이 분명해졌다.

나는 어떤 존재인지, 내 정체성은 무엇인지 여유를 갖고 고민해보기로 했다. 바로 휴학을 결정했다. 당시엔 휴학이 그리 일반적이지 않았다. 특별한 사유가 아니면 교수님도, 부모님도, 지인들도 휴학을 말렸다. 남학생들은 대개 1학년을 마치고 군 입대로 휴학을 결정하는 게 일반적이었지만 나의 경우는 달랐다. 휴학 사유를 만들어야 하는데 성별정체성 고민을 휴학 신청서에 적는 것은 통하지 않을 터였다. 평범하게 등록금 마련이 쉽지 않다는 핑계를 들었다. 그랬더니 아무도 휴학 사유를 다시 묻지 않았다.

휴학 후 처음 들었던 생각은 게이 커뮤니티에 가보자는 것이었다. 트랜스젠더 커뮤니티를 갔어도 됐을 텐데, 당시에는 나조차 성소수자, 그중에서도 트랜스젠더라는 존재에 대한 막연한 두려움이 있었다. 다들 밤마다 어두운 술집에 앉아 있을 것 같고, 여성스러운 외모 혹은 남성에 가까운 외모로 잔뜩 성형한 사람들이 남성도 여성도 아닌 어중간한 목소리로 거친 대화를 떠들고 있을 것 같다는 혐오감도 있었다. 또 그때는 시스젠더와 트랜스젠더의 차이도 몰랐으니 남성 동성애자와 트랜스 여성의 차이도 잘 구별하지 못했다.

우선 학교를 다닐 때처럼 규칙적인 생활을 하기 위해 아르바이트 일거리를 찾았다. 아침 8시에 일산 애오개역 부근의 큰 창고로 출근해 영수증 관리하는 일을 했다. 퇴근 후 서울에 도착하면 저녁 6시였다. 일하고 남은 시간에는 내 정체성을 탐색하기로 했다. 나와 같은 고민을 하고 나와 같은 처지에 있는 소수자들을 직접 만나보겠다는 계획을 세웠다. 일해서 모은 많지 않은 돈을 사람들을 만나는 데 쓰기로 했다.

처음 방문한 사이트는 이반시티(IVANCITY)라는 곳이었다. 이반시티는 당시 국내 최대 규모의 시스 남성 동성애자를 위한 포털 사이트였는데, 매일 새로운 성소수자 관련 정보 글이나 기사가 게시되었다. 동성애자를 위한 쇼핑몰 광고 배너가 자연스럽게 걸려 있었고 데이트와 소모임을 주선하는 게시판도 있었다. 이 사이트에서 조금씩 사람들을 만나봐야겠다고 생각했다. 하지만 타인을 만난다는 사실 자체가 부담이었다. 만약 누군가와 일대일로 만난다면 어떻게 해야 할지, 어떤 태도를 보여야 할지부터 고민이 됐다. 더구나 당시에는 게이란 모두 잘생기고 몸 좋은 사람들이라는 이상한 편견에 빠져 있었기에, 그 잘난 사람들과 어울리기도 쉽지 않겠다는 걱정을 했다. 자존감이 바닥이었다. 그래도 용기를 내봤다. 우선 나는 '열'이라는 닉네임으로 이반시티 채팅방에 입장해 친구를 찾아보기로 했다. 내가 연 방 이름은 '친구 구합니다(20대~30대)'였다.

> [열] 안녕하세요. 구리시에 살고 있고 스물한살입니다. 이 세계를 아직 잘 몰라요. 친구를 찾고 있습니다.
>
> [상대방] 성향이 어떻게 되세요.
>
> [열] 성향요……? (정치 성향을 묻는 건가?!)
>
> [상대방] 탑이냐고요, 바텀이냐고요.
>
> [열] 네?
>
> --- 상대방이 대화방을 나갔습니다. ---

대화방에 입장한 그 누구와도 이 수준 이상으로 대화가 진행되질 않았다. 몇번 거절을 당하고 단체 대화방에 들어가 눈팅을 하면서 '탑' '바텀' 같은 게이 세계의 용어가 무엇을 의미하는지 겨우 이해했다. 채팅방은 단순히 친구를 사귀고 싶었던 내 의도와는 맞지 않는구나 싶어 소모임방에 들어가봤다. 운동, 보드게임, 영화 등 다양한 주제의 모임이 있었다. 마침 당시 내가 한창 재밌게 하고 있던 워크래프트 게임 소모임방이 눈에 띄었다. 게임 소모임방에서는 채팅방에서보다는 더 가벼운 마음으로 사람들과 대화할 수 있었다. 게임을 소재로 공감대를 쌓을 수 있었기 때문이다. 학생부터 직장인까지, 구성원들의 연령대와 직업도 다양했다. 우리는 매일 밤 8시에 온라인에서 모여 서로를 오로지 게임 아이디로만 부르며 가볍게 게임을 즐겼다. 가끔은 채팅창에 게이들의 고단한 삶 이야기가 올라왔다. 그런 것들을 함께 읽고 따뜻한 위로를 나누는 게 좋았다. 소모임 구성원들은 다들 좋은 사람들이었고 마치 오랫동안 찾아 헤맨 보물 같았다.

2009년 내 생일 전날에는 스스로 생일을 기념하는 마음으로 정모에 참석했다. 소모임 사람들과는 첫 정식 대면이었지만 낯설지 않았다. 채팅방에서 주고받은 따뜻한 온기가 사람들의 얼굴에서 그대로 묻어났다. 사람들은 서로 '언니'라고 부르라며 환대해주었고 처음 보는 나를 친절히 대해주었다. 오랜만에 고향에 방문하는 느낌이 이런 걸까? 사람들은 내가 이런 모임엔 처음이라는 것을 금방 눈치챘다. 그래서인지 내게 많은 관심을 가지고 이것저것을 물어봐주고, 당시엔 내가 전혀 알지 못했던 게이 세계의 여러 은어도 설명해줬다. 주로 온라인에서 소통하고 파트너를 찾는 게이들에겐 자기 외모를 간단히 설명할 때 필요한 용어가 많았는데, 그때 배운 용어를 몇가지 소개해보면 아래와 같다.

용어	의미
끼순이	여성 아이돌처럼 매력적인 몸짓, 의상, 표현이 가능한 사람.
건장	거대한 신체에 적당한 근육을 가진 사람.
근육	온몸이 근육질인 사람.
스탠	스탠다드(standard). 보통의 몸무게를 가진 사람.
NPNC	온라인에서 파트너를 찾을 때 사진 없으면 대화 안 한다는 뜻(No Photo No Conversation).
CD	크로스드레서(Cross Dresser), 다른 성별의 옷을 입거나 자신의 성별정체성을 옷과 액세사리로 표현하는 사람.
러버	트랜스 여성을 만날 수 있고 사랑할 수 있는 사람.
홀몬	호르몬 치료 중인 트랜스젠더. '홀몬젠더'라고도 말한다.
젠더	'트랜스젠더'의 준말.

그동안 대체 무슨 말인가 싶던 용어들에 대한 궁금증이 풀렸다. 게이들 사이에선 '언니'가 서로를 부르는 무척 친근한 호칭이라는 것도 처음 알았다. 고등학교 때 선배들이 여성스럽다며 나를 '언니'라고 놀리곤 해서 그 단어가 무척 싫었는데, 이날

서로를 '언니'라고 편하게 부르는 모임 분위기를 경험하고 나니 나 역시 '언니'라는 말을 무척 좋아하고 편히 쓰게 됐다.

　마음을 터놓고 나의 어려움과 고민을 털어놓을 수 있는 곳은 이 모임이 처음이었다. 성소수자로 살면서 쌓은 슬픈 기억들과 경험들을 때론 울고 웃으며, 각자의 끼를 발산하며 자유롭게 공유할 수 있었다. 아무리 괴로웠던 기억도 이 모임에만 오면 모두가 웃을 수 있는 한때의 에피소드로 변신했다. 내가 어떤 사람일까 고민했던 지난한 여정 속에서 처음으로 활로를 찾은 기분이었다. 우리는 매주 종로3가와 종각역 사이에 게이들이 자주 찾는 술집 혹은 사장님이 퀴어는 아니지만 퀴어 프렌들리한 음식점에 모여 술을 마시고 깊은 이야기를 나누며 1년이라는 시간을 보냈다. 하지만 그 수많은 이야기 속에서 나만이 갖고 있던, 나의 몸에 대한 고민은 쉽사리 꺼내기 어려웠다.

　그러다가 모임에서 가까워진 오빠에게 질문을 할 기회가 생겼다. 그분은 엄청난 '끼순이'였다. 가방에서 꺼내는 부채, 지갑, 키링 같은 액세서리는 흡사 무속인의 것이라 해도 믿을 수 있을 만큼 화려했고 성중립적인 아이템도 많았다. 이른바 남성성이라곤 찾아보기 어려운 존재, 남성성을 파괴하다 못해 성별을 초월한 존재 같았다. 나는 이 사람에게도 나처럼 몸에 관한 고민이 있지 않을까 싶었다. 그래서 오빠에게 좋아하는 상대방이 자신의 몸을 어떻게 봐주길 원하는지 물어봤다. 오빠는 고개를 갸우뚱하며 당연히 자신의 몸을 좋아해주면 좋겠다고 대답했다. 한번도 자신이 남성 아닌 다른 성별일 수 있다고 생각해본 적이 없다고 했다. 다른 사람들에게도 비슷한 질문을 해봤다. 한때 자신이 여성이 아닐까 고민한 적도 있지만 시간이 흐르자 자연히 남성으로 정체화했다는 사람도 있었고, 아예 내 고민을 이해하지 못하는 사람도 있었다. 나와 비슷한 고민을 하는 사람을 찾기가 이렇게나 어렵다니!

좀더 나이가 있는 사람들은 아무래도 경험이 좀더 많을 테니 필요한 조언을 들을 수도 있겠다는 생각이 들었다. 그래서 삼사십대 게이분들을 만나 고민 상담을 해봤지만 뾰족한 대답을 들을 수는 없었다. 그러던 어느날 육십대 게이 선생님 한분을 만났다. 그분에게 나의 상황을 털어놓고 이야기했더니, 내가 트랜스젠더일 수도 있겠다는 진단(?)을 내려주었다. 그러면서 뜻밖에 자신도 과거엔 호르몬 치료를 받아볼까 고민한 적이 있다고 했다. 하지만 많은 나이 때문에 그럴 수 없었다고 했다.

옳다구나 싶었다. 내심 나 자신도 스스로 트랜스젠더가 아닐까 오래 의심해왔고 이제는 '나는 트랜스젠더다'라고 인정만 하면 되는 단계였기 때문이다. 하지만 그때의 나에겐 여전히 트랜스젠더라는 존재에 대한 막연한 공포와 혐오감이 있었다. 그럴 수밖에 없었던 것이, 당시에 나는 트랜스젠더를 제대로 이해하지 못하고 있었기 때문이다. 매체에서 내가 접할 수 있는 트랜스젠더 당사자는 하리수 씨가 유일했다. 커뮤니티엔 매일같이 트랜스젠더를 혐오하는 글이 올라왔다. '여자가 되기 위해 성형에 미친 사람들'이라는 둥, '수술 비용만 1억이고 호르몬 치료를 해봤자 오래 못 산다'는 둥, 거의 악담에 가까운 글들이었다. 성소수자 커뮤니티 안에서도 트랜스젠더는 차별당하고 배제당했다. 트랜스젠더란 한낱 농담거리일 뿐이었다. 이런 상황을 계속 접하다보니 '나는 트랜스젠더일까?'라는 질문에 쉽사리 결론을 내리지 못하고 있었다. 사실은 내가 트랜스젠더임을 인정하는 걸 감히 엄두도 못 내고 있었던 것 같다. 하지만 나는 나와 불화하는 이 교착상태를 어서 해결하고 싶었다. 무지의 상태에서 빨리 벗어나고 싶었다. 그래서 하던 대로, 사람들을 좀더 다양하게 만나보기로 했다. 트랜스젠더에 대해 무조건 부정적인 의견을 가진 사람들 말고, 좀더 열린 마음을 가진 사람들과 만나고 싶었다.

지보이스 데뷔

그렇게 새로 찾게 된 곳이 유서 깊은 한국 게이 인권운동단체 '친구사이'였다. 나의 첫인사는 "구리시 바텀입니다^^"였다. 기존 멤버들은 사랑을 담은 환영의 박수를 내게 보내주면서도 또 바텀이 들어왔다고 불평했다. 도대체 왜 이 모임에 탑은 들어오지 않는가를 두고 서로의 탓을 하며 자못 심각한 토론이 벌어졌다. 나는 괜히 이상한 죄책감에 사로잡혀 열심히 하겠다는 말만 반복했다. 지금 생각해보면 우스운 해프닝이고 추억이다.

친구사이에는 '지보이스'라는 이름의 합창 모임이 있었다. 노래 연습도 하고, 공연도 하고, 가끔 캠핑도 가는 모임이었다. 정기공연을 진행할 정도로 실력도 있었다. 지보이스에 신입단원으로 들어간 나는 워크숍에 참여하고 노래도 열심히 연습했다. 원래 이 모임에서 기대한 내 목표는 성별정체성을 찾는 것이었다. 하지만 연습에 매진하다보니 어느새 내 최종 목표는 소프라노가 되어 옥구슬이 굴러가듯 고운 목소리를 내는 것으로 바뀌어 있었다. 하지만 테스트 후 아쉽게도 바리톤으로 점찍혔다. 음역대가 높은 역할을 달라고 요청해보기도 했지만 어림없었다. 팀에선 가소롭다는 듯 넌 딱 바리톤이라고 못을 박았다.

몇달간 맹연습 후 나는 '온자'라는 이름의 어엿한 바리톤으로 무대에 서게 되었다. 너무 떨려서 그랬을까? 몇구절은 립싱크를 적절히 섞어가며 가볍게 불렀는데도 공연이 끝나고 나니 옷이 땀으로 다 젖어 있었다. 하지만 많은 사람들 앞에서 누가 들어도 게이를 위한 노래를 다같이 열창하니 단체로 커밍아웃을 한 것 같은 느낌이었고 너무 즐거웠다. 이렇게 지보이스 팀원들과 모여 틈틈이 연습도 하고, 기가 막히는 저음을 뽐내며 열심히 노래하면서 친분을 쌓았다. 가끔은 나와 비슷한 고민을 안고 있는 것처럼 보이는 사람들에게 슬쩍 질문을 던지기도 했다. "혹시 자기 몸이 싫거나 다른 성별로 살아보고 싶다고 생각해본 적은 없어요?" 여전히 내가 원하는 답은 얻지 못했다. 다만 "온자는 트랜스젠더일 수도 있어. 잘 생각해봐"라는 말을 종종 들었다.

　게이 커뮤니티에서 사람들을 만나고 다닌 지 1년 반 정도의 시간이 흐른 시점이었다. 이제 이쪽 문화엔 거의 통달했다는 느낌이 들었다. 그리고 나는 트랜스젠더일 수도 있겠다는, 트랜지션을 해야 하지 않을까 하는 거의 확신에 가까운 생각이 들 때쯤 입영 통지서가 날아왔다.

군대에서의 탐색

　대부분이 그러하듯 당연히 나도 군대에 가고 싶진 않았다. 하지만 나를 좀더 시험해보고 싶었다. 남성 문화의 끝판왕인 군대를 체험해보고 나면 의외로 나의 새로운 면이나 남성성을 발견할 수 있지 않을까. 하지만 쉽게 입대를 결정하지 못하고 망설였다. 엄마는 자꾸 주저하는 내 모습을 보고 "너 군대 가기 싫어서 그러지?"라며 캐묻기도 했다. 아빠는 나의 군입대를 은근히 기대했다. 마땅한 통과의례를 치르고 진짜 남자가 되라는 뜻인 것 같았다. "아들 결혼하는 건 봐야지"라는 말과 함께 "아들 군대 가는 건 봐야지"라는 말을 늘 입에 달고 살았다. 항상 이런 말을 듣다보니 부모님 기대에 어긋나지 않게 군대를 가긴 가야겠구나, 싶기도 했다. 한편으론 이런 계산도 있었다. 앞으로 트랜지션을 하게 되면 남성 사회에서 '군대 안 가려고 일부러 여자 되려는 거 아냐?'라는 식의 눈총을 받기 쉬웠다. 지금 생각하면 스스로 내 몸을 옭아맨 밧줄이었지만, 당시엔 '사회'라는 것의 심기를 거스르고 싶지 않았다. 주변의 괜한 오해를 사고 싶지도 않았다. 일단 빨리 군대 문제를 해결하는 게 좋겠다는 생각이었다. 이렇게 고민에 고민을 거듭한 끝에 입대를 결정했다. 하지만 나는 입대하고 정확히 다섯시간 뒤에 내가 내린 결정을 후회했다.

아빠가 태워주는 차를 타고 논산훈련소에 도착했다. 아빠는 머리를 빡빡 깎은 내 모습을 보고 눈물을 흘렸다. 군대에서 새로운 나(나의 남성성!)를 발견해보겠다는, 아무도 모르는 특명을 안고 입대하는 내 마음이 어땠는지 아빠는 절대 몰랐을 거다. 그냥 어엿하게 성장한 아들이 나라를 지킨다고 감동했던 것 같다. 훈련소 스피커를 통해 크게 울려퍼지는 군가를 들으니 왠지 모를 애국심이 생겨났다. 훈련소에 들어서자마자 신체검사를 받고, 여러가지 생활용품과 내 신체 사이즈에 맞는 군복을 받고, 자세교정도 받았다. 전쟁에 무슨 필요가 있는지 모를 복무신조를 외우기도 했다. 모두가 같은 옷을 입고 같은 말을 하고 같은 행동을 했다. 그런데도 유난히 마르고 하얗던 나는 아무것도 안 해도 남들 눈에 너무 잘 띄었다. 야외에서 단체로 목욕을 하고 있는데 조교들이 물었다. "이게 남자 몸이냐?"

　　군대에서 사람들은 내 몸을 보고 끊임없이 직접적인 질문을 해댔다. 태도 면에서도 여성스럽다는 이유로 숨 쉴 틈 없이 지적을 받았다. 분명 나는 규칙에 어긋나는 행동을 하지 않았다. 모두가 생각하는 남성성을 발산하는 일에 소극적일 뿐이었다. 하지만 그것만으로도 언제나 '군인의 태도가 아니다'라는 지적을 받아야 했다. 여성스러운 내 몸은 '군기 빠진 몸'일 뿐이었다. 이 모든 것이 입대 후 사흘간 벌어진 일이었다. 남성 문화가 만연한 곳에서 나 자신을 탐구해보겠다던 나의 어쭙잖은 다짐은 곧장 무너졌다. 군대는 복잡한 정체성 고민을 할 수 있는 곳이 아니었다. 이곳에선 나로서 살아남는 일이 더 중요했다. 조금만 잘못했다간 내 옆의 동료 군인들이 함께 기합을 받을 수도 있는 곳이었다. 온전한 내 목소리로, 지보이스에서 갈고닦은 바리톤 음색으로 군가를 부르면 "왜 미성으로 부르나!"라는 불호령과 함께 분대 전체가 얼차려를 받는 곳. 나는 군대에서 치열하게 나의 행동과 태도를 조심하고 자기검열을 하기 시작했다. 그렇게 해서 살아남아야 했고, 그것이 스스로에게 부과한 군에서의 임무였다. 나는 내가 낼 수 있는 저음의 끝은 도대체 어디인가를 끊임없이 실험하며 훈련소 생활을 마쳤다. 남들이 나를 남성이라고 생각하므로, '대한민국 남자'로서 나는 그 기대에 합당한 '씩씩한 남자 목소리'를 내야 했던 것이다.

나는 학교에서 실내건축디자인을 전공했다는 이상한 이유로 공병이 되었다. 내가 배치된 곳은 옆에 강이 흐르는 홍천의 어느 부대였다. 가자마자 선임들은 나를 보고 청소 잘하게 생겼다, 꼼꼼하게 일 잘하게 생겼다며 이런저런 외모 평가를 했다. 성모 마리아의 자태가 보인다는 소리까지 했다. 그렇다고 나를 여성으로 대한 것도 아니었다. 한결같이 그들은 나에게 남성성을 강요했지만, 이상하게도 나에겐 청소, 빨래 등 사회에서 여성들이 주로 하는 (또는 여성이 당연히 해야 한다고 믿는) 일이 주어졌다. 내가 속한 중대는 인원이 일곱명에 불과한 매우 작은 규모의 중대였다. 그곳에서 행정병 일을 하면서 일손이 필요할 때는 풀을 뽑고, 돌을 캐는 현장 일도 하고, 간부들이 묵는 아파트 청소 및 관리를 했다. 나는 고등학생 때 갈고 닦은 실력을 발휘해 분리수거장도 관리했다. 내가 손을 댄 지 얼마 되지 않아 확 달라진 분리수거장 모습에 모두가 놀랐다.

일을 너무나 잘한 덕분일까. 사계절 내내 보직은 변경되지 않았지만 정말 수많은 일을 해야 했다. 그중 하나가 동원훈련이었다. 예비군들은 매번 새로운 사람들이었지만 올 때마다 겨우 2박3일을 머물면서 끝나는 날 저녁에는 끊임없이 나에 대한 코멘트를 했다. "너는 어쩐지 무섭고 어렵다" "너한테는 성적인 농담이나 편한 말을 못 하겠다"라는 말을 툭툭 던지는 식이었다. 군복을 벗고 맨몸을 드러낸다 한들 그들은 나를 남성이 아닌 다른 어떤 존재로 여기는 듯했다.

그러다 하루는 중대장이 하리수 씨에 대해 나쁜 말을 하는 걸 들었다. 그 중대장이 당직사관인 날이었는데, 간부들끼리 수다를 떨다가 우연히 하리수 씨에 대한 이야기가 나온 모양이었다. 옆에서 일하고 있던 내게 하리수 씨는 정말 이상한 사람 아니냐며 악담을 퍼부었다. 그는 하리수 씨 사진이 실린 신문을 손에 들고 사람들 눈앞에 흔들며 자신의 혐오에 동의를 구하고 있었다. 그 무렵, 확실히 트랜스젠더라고 스스로 인정하진 않았지만 성소수자로서 스스로를 정체화하고 있던 나는 모종의 분노와 복수심으로 마음이 끓어올랐다. 하지만 그 분노를 뚜렷한 행동으로 표현할 방법은 알지 못한 채, 중대장이 퇴근할 때쯤 하리수 씨 얼굴이 아주 잘 보이게끔 신문을 접어 그의 책상 위에 고이 올려놓았다. 매일매일 하루도 빠짐없이 상관에게 혼나는 일상을 보내면서도, 묵묵히 해야 할 일만 하며 조용히 살면서도, 그 정도 긍지는 지키고 싶었다. 오래전 친구들의 의심 어린 눈빛과 부모님의 기대 속에 나를 감추고 조용히 공부하고 생활하던 학창 시절의 기억이 오버랩되는 순간이었다.

두근두근 장교님

군대에서 뜻밖에 감정의 격동을 겪는 일도 있었다. 내가 모시던 장교님은 쌍꺼풀 없는 눈을 가진 잘생긴 미남이었다. 나를 무척 친절하게 대해주고 아껴주었다. 나도 그분을 잘 따랐던 터라 꽤 친해지기도 했다. 음료수 내기로 그분과 손바닥 밀기 게임을 하다가 대대장님에게 걸려 혼나기도 했다.

하루는 장교님이 훈련을 가게 되어 내가 짐을 싸드렸다. 짐가방 속에 향기 좋은 샴푸와 세제, 바디워시를 챙겨놓았다. 다른 간부들과는 확연히 차이가 나는, 너무나 향기로운 짐이었다. 그 덕분에 "둘이 결혼해!"라는 농담도 들었다. 내가 그분을 짝사랑하고 있었던 걸까. 인간적으로 존경스러운 면이 많았기에 나는 부하로서, 사람으로서 그분을 잘 챙겨드리고 싶었다. 늘 나를 존중해주는 그분 덕분에 힘든 군 생활 속에서도 기운을 낼 수 있었다. 다른 병사들은 일과를 끝내고 생활관으로 돌아가길 희망할 때 나는 일과가 시작되길 바랐던 것을 떠올리면, 장교님을 많이 좋아하기도 했고 그분에게 많이 의지했던 것 같다. 생활관으로 돌아가기도 싫고 장교님과 함께 있고 싶어 밤늦게 근무를 신청하거나 주말에 나서서 일하기도 했다.

　장교님이 결혼을 할 때 나는 이상한 슬픔을 느꼈다. 한 사람을 좋아하는 마음이 드는 건 평범한 일이고 있을 수 있는 일이지만 이상한 죄책감이 들었다. 계속 잘못된 짝사랑을 하고 있는 느낌이었다. 좋아하는데 왜 죄책감을 느껴야 할까? 나로부터 시작된 사랑은 왜 다 잘못된 일이고 상대방에게 실례가 되는 일이어야 할까?

　왜 그럴까 하고 나의 마음속을 깊이 들여다보았다. 생각하면 생각할수록 나와 내 몸의 한계를 뼈저리게 느꼈다. 지금까지는 나를 드러내지 않고 숨기는 데 익숙했지만, 계속 이렇게 나를 드러내지 않으면 내가 원하는 사랑도, 사람들 사이에서 내가 원하는 관계 맺기도 할 수 없겠다는 생각이 들었다. 거짓으로 계속 사람들을 대하는 것도 문제였다. 의도치 않게 내가 사랑하는 사람들을 속이는 범죄를 저지르고 있는 것 같았다. 이 몸이 아닌 내가 생각하는 진짜 나의 몸으로 사람들에게 솔직하게, 내 모습 그대로 다가갈 방법은 없을까? 당시 내가 쓴 일기에는 이런 말이 적혀 있다. "내 몸이 싫다. 난 내가 너무 싫다."

　변화가 필요했다. 진짜 내가 되어야 했다. 내가 원하는 성별을 찾고 싶었다. 그러다 일종의 영내 PC방인 '사이버 지식 정보방', 일명 '싸지방'을 찾게 됐다. 싸지방에서 나는 열심히 내가 원하는 정보를 찾기 위해 검색을 했다. 트랜스젠더 커뮤니티도 찾아보고, 트랜지션 정보도 찾아봤다. 적극적으로 질문을 한다거나 댓글을 달 수는 없었다. 기록이 남기 때문이다. 하지만 간간이 올라오는 트랜스젠더 관련 기사나 트랜지션 수술 후기 등을 살펴보면서 꽤 많은 정보를 얻을 수 있었다. 시간이 흘러 싸지방 관리를 담당하고 나서는 스스로 기록을 지워가며 마음 편하게 내가 찾고 싶은 정보를 모을 수 있었다. 전역할 때쯤 되니 트랜스젠더가 되기 위한 의료적 방법에 대한 지식을 꽤 습득했다. 의료적 트랜지션을 통해 내가 원하는 몸을 갖고, 진짜 내 모습을 찾을 수 있다는 걸 어느정도 알게 됐다. 하지만 그때까지도 트랜스젠더의 삶을 선택하겠다는 결심은 서지 않았다. '함부로 트랜지션을 했다가 건강에 문제가 생기면 어떡하지?' 또는 '트랜지션을 하고 후회하면 어떡하지?' 같은 의심이 꼬리에 꼬리를 물었다. 이제 직접 트랜스젠더를 만나 경험을 들어보는 수밖에 없었다.

트랜스젠더의 길

커뮤니티를 찾다

전역하자마자 트랜스젠더가 모여 있는 인터넷 카페와 커뮤니티 사이트를 찾았다. 당시 유명했던 트랜스젠더 인터넷 커뮤니티로는 'Net4TS'와 다음 카페 '사랑의 비너스'가 있었다. 두곳에서는 사람들의 교류가 무척 활발했고 트랜스젠더 모임, CD 모임, 데이트 주선뿐 아니라 트랜지션 후기, 고민 상담 등의 정보 교환도 많이 이루어지고 있었다. '정모'(정기적인 모임)를 통해 만나는 경우도 있었다. 2~3만원 정도 회비를 내고 공간을 단체로 빌려 모이는 정모가 있으면 일부러 찾아가기도 했다.

그런데 트랜스젠더 커뮤니티의 가입 절차는 조금 까다로 웠다. 철저한 인증을 요구하기도 했고, 자신의 성적지향을 직 접 쓰거나 질문에 답변을 작성한 후 운영진의 검토를 받아야만 가입 승인이 되는 곳도 있었다. 더 엄격하고 폐쇄적인 곳은 사 진을 요구하기도 했다. 아무래도 아우팅의 위험이나 소수자 타 깃 범죄를 우려해 만들어진 절차였을 것이다. 당시엔 나도 안 전을 위해서 필요한 절차라고 생각했다. 하지만 성소수자들이 모인 사이트에서조차 가입을 하려면 자신이 여성 혹은 남성임 을 증명하고 지정성별을 적어야 하는 상황이 아리송했다. 씁쓸 한 마음이 들었던 것도 사실이다.

특히 사랑의 비너스에서는 트랜지션을 많이 진행하거나 사회적으로 여성에 가까운 외모일수록 더 대접을 받았다. 여기 서마저 '여성보다 더 예쁜 트랜스젠더'여야 한다니, 갑갑했다. 이제 막 호르몬 치료를 시작한 사람들은 다소 배척당하기도 했 다. '완전한 여성'이 아니라는 이유로 말이다. 어느정도 트랜지 션을 진행했거나 성확정수술을 한 사람이 아니면 스스로를 트 랜스젠더라고 칭하기도, 커뮤니티 구성원들에게 트랜스젠더 라고 인정받기도 어려웠다. 나도 처음 카페에 자기소개 글을 올릴 때 "트랜스젠더가 되고 싶어요"라고 썼던 기억이 난다. 거 기에 "수술을 해야 트랜스젠더가 될 수 있어요"라는 답변이 달 렸던 것도. 게다가 "(트랜스젠더) 업소에서 얼마나 오랫동안 일을 해야 트랜스젠더로 대우받을 수 있어요?"라는 이상한 질문도 올라왔다. 물론 응원 글이 더 많았고, 자신을 어필하는 러버들로부터 수많은 쪽지를 받기도 했다.

기억에 남은 댓글이 또 하나 있다. "트랜스젠더가 되고 싶다고 생각하지 말고 여성이 되려고 해라." 충격적이었다. 그 댓글을 보고 이런 생각이 들었다. '정말 트랜스젠더가 되고 싶다는 건 말이 안 되나? 여성이 되어야 한다면 얼마나 정확한 여성이 되어야 하는 거지?' 당시 나는 스스로를 여성이라 말하는 것조차 굉장히 어려웠다. 스스로를 여성으로 칭하려면 어느정도 의료적 트랜지션을 진행하고 길에서 만난 모든 이가 나를 여자로 봐줄 수 있어야 그만한 자격이 주어지는 것 같았기 때문이다.

알면 알수록 미궁에 빠졌다. 급기야 '현타'가 왔고, 나는 직접 사람들과 부딪혀보겠다는 생각에 마침 사랑의 비너스에 올라온 구인 글을 읽고 이태원의 게이힐 앞에 있는 트랜스젠더바를 찾아갔다. 전역하자마자 간 터라 제대로 꾸미지도 못하고 짧은 머리 스타일을 한 상태였다. 그곳엔 여러 사람이 있었다. 나처럼 구직을 하러 온 사람들 같았다. 직원으로 보이는 한 언니가 꾸미지 않은 내 모습을 보고 음료수를 한잔 건넸다. 그러곤 이만 집에 돌아가보라고 했다. 어떻게든 트랜스젠더 당사자들을 만나보려고 간 곳이었지만, 그쪽에서는 아직 군인 티를 벗지 못한 내 모습을 보고 바에서 일하기는 어렵겠다고 생각해 정중히 거절했던 모양이다. 하지만 나는 그 한잔의 음료수로 표현된 조용한 거절에 꽤 충격을 받았다. 집으로 돌아온 나는 호르몬 치료를 받지 않거나 여성스럽게 성형을 하지 않으면 어디에도 속하지 못하겠구나 생각했다. 트랜스젠더인데 트랜스젠더 공동체에 속하지 못할 수도 있다는 게 두려웠다.

처음 느낀 소속감

Net4TS에는 그나마 호르몬을 시작한 지 얼마 안 됐거나 곧 시작하려는 사람이 많았다. 게시글을 보니 나와 같은 경험을 한 사람도 제법 있는 것 같았다. 물론 성별정정까지 다 마친 사람들의 글도 종종 눈에 띄었다. 이곳에서 나는 첫 트랜스젠더 정모에 참석해보기로 했다. 모임 장소는 이태원 제일기획 근처의 조그만 일식 포차였다. 20년이 지난 지금도 그날의 기억이 생생하다. 이십대부터 오십대까지 다양한 나이대의 사람들 40여 명이 모였고, 트랜스젠더와 CD 들이 섞여 있었다. 구성원이 다양한 만큼 여러 사는 이야기와 고민 상담이 오갔다. 어쩔 수 없이 오랫동안 해오던 트랜지션을 중단하고 의료부작용을 겪게 됐다는 가슴 아픈 사연부터 트랜스젠더와 CD가 만나 커플이 된 사연, 호르몬 치료를 시작하고 머리를 단발로 길러 카페에서 일하는 생활이 좋다는 사연, 일과가 끝나면 크로스드레싱을 하는 일이 너무 행복하다는 사연까지……. 시간 가는 줄도 모르고 서로 이야기를 나눴다.

아주 실용적인 정보도 오갔다. 인기 순으로 화제를 나열해볼까? 1. 머리 기르는 법 2. 원하는 화장법과 옷차림 스타일 찾는 법 3. 손톱을 정리하고 꾸미는 방법 등등……. 화장실 가는 법에 대해서도 참 많은 이야기를 나눴다. 여자 화장실과 남자 화장실 중 어디로 가야 하는가. 이건 트랜스젠더라면 일상에서 직면할 수밖에 없는 큰 어려움 가운데 하나다. 이전까지는 나 혼자 해결해야 할 고민, 평생 해결이 불가능한 고민이라고만 생각했는데, 한자리에 모여 다 같이 이야기를 나누니 조금씩 실마리가 잡히는 것 같았다. 물론 성 중립 화장실이 많이 생겨난다면 대부분의 사람들이 그러하듯 화장실 문제로 고민할 필요는 없을 것이다. 그러나 당시엔 그런 논의의 새싹조차 보이지 않았기에 각자 나름대로 끙끙 앓으며 화장실에 가고 있었다. 밖에 나갈 때는 절대로 물을 마시지 않거나 미리 볼일을 보고 나간다는 이들이 제일 많았다. 사람들이 많이 이용하지 않는 지하철역 화장실을 미리 알아두었다가 찾아간다는 사람도 있었고, 친구를 만날 때는 일부러 남녀 공용 화장실이 있는 카페나 가게를 알아보고 약속 장소를 정한다는 사람도 있었다.

서로 비슷한 고민과 아픔, 즐거움을 느끼고 살아가는 그들의 이야기는 곧 내 이야기 같았다. 도저히 끝나지 않을 것 같은 이야기를 밤새도록 나누며 이곳이 바로 진정한 내 공동체구나 하는 소속감을 느꼈다.

그렇게 술을 마시다가 술집에 딸린 화장실에 갔다. 막상 여자 화장실과 남자 화장실 사이에 서니 어느 곳을 가야 하나 고민이 됐다. 둘 중 한곳을 고민하다가 결국 남자 화장실로 들어갔다. 일을 보고 나오는데 눈치 빠른 한 러버가 "아가씨 여기서 뭐 해?"라고 지나가며 반쯤 놀리는 말투로 물어봤다. 지금 생각하면 웃긴 일이지만 그땐 은근히 기분이 좋았다. 남자 화장실에 들어갔지만 나를 트랜스젠더라고 제대로 인식하고 장난을 친 것 같아, 평소엔 두려웠을지도 모를 마음이 '뭐 어때' 하는 가벼운 마음으로 변했던 거다.

그렇게 첫 정모를 마쳤다. 새로운 세계를 향한 동경과 기대감으로 나는 마치 은총을 입은 듯한 기분이 들었다. 소속감을 느낀 모임에서 열심히 활동하고 싶었다. 그래서 카페지기를 맡기도 하고, 여러 모임에 나가 사람들과 지속적으로 교류했다. 모임엔 이미 상당 기간 의료적 트랜지션을 하고 있는 분이 많아서 인터넷으로만 얻는 정보보다 더 생생한 이야기와 후기를 들을 수 있었다. 그중 한분이 나서서 자신의 트랜지션 경험을 소개해주고 아는 병원에 다리도 놓아주었다. 덕분에 나도 삼성역 근처의 한 병원에서 호르몬 치료를 받았다. 1년 뒤에는 같은 곳에서 고환적출수술도 받았다.

수술을 받기 전에는 중대한 신체적·정신적 문제가 있는 지, 만약 있다면 의학적으로 잘 관리하고 있는지 확인을 받아야 하고, 정신건강의학과 전문의에게 받은 성전환증(질병코드 f64.0) 진단서를 제출해야 했다. 나의 경우엔 군대를 이미 다녀왔고 우울증 등 정신과 기록이 없어서였는지 수술을 받는 데 큰 어려움이 없었다.

트랜지션의 후폭풍, 대인기피증

처음 호르몬 주사를 맞을 때는 엄청 긴장했다. 인터넷에서 호르몬 주사를 맞자마자 집으로 가는 길에 휘청거렸다거나 기절했다는 영상과 후기를 많이 접했기 때문이다. 다행히도 그건 기우였다. 나는 호르몬 치료를 마치고 고기 뷔페에 가서 양껏 먹었다.

하지만 부작용이 없는 건 아니었다. 호르몬 치료를 받은 뒤로 눈에 띄게 잠이 많아졌다. 출근길에 버스에서 갑자기 잠들기도 했다. 박스를 옮길 때에도 예전보다 힘이 들었다. 가슴 부분이 예민해진 것도 변화였다. 그래서 일회용 밴드를 붙이고 다녔다. 물론 불편함만 있었던 것은 아니다. 피부가 좋아졌다. 예전에는 턱과 목부분에 여드름이 많이 나서 염증 치료도 많이 받았는데, 호르몬을 맞고 나서는 여드름이 꽤 가라앉았다. 좋든 싫든 몸의 변화는 낯설었다.

호르몬 치료를 계속하기 위해선 돈이 필요했다. 그래서 열심히 일을 구했다. 운 좋게 롯데월드에서 계약직 일을 잡았다. 6개월 차가 됐을 때 같이 일하는 동료에게 커밍아웃을 하게 됐다. '혜진'이라는 이름의 후임님이었다. 평소 친구 이상으로 대화가 잘 통하는 사람이었다. 나는 혜진 후임님에게 화장하는 법과 여성복 입는 법을 알려달라고 부탁했다. 이 두가지는 도저히 글로 배울 수 없는 영역인 것 같다고, 다른 이의 도움이 꼭 필요하다고 사정을 설명했다. 그때 혜진 후임님의 도움을 받아 처음으로 여성으로서의 성별표현을 배울 수 있었다. 한껏 멋을 냈지만 처음이라 그런지 남의 옷을 급하게 훔쳐 입은 것처럼 서툰 느낌이 가득했다. 하지만 고맙게도 내게 엄청 예쁘다며 칭찬 폭격을 해준 후임님 덕에 나는 마냥 기분이 좋았다.

그러나 기쁨도 잠시, 일이 끝나고 거리로 나서자 신났던 기분은 별안간 산산조각이 났다. 박스 티에 레깅스도 입고 화장도 한 상태에서 트랜스젠더 정모에 가려던 참이었다. 대중교통을 타면 내 모습이 많은 사람들 눈에 띌 수 있다고 생각하니 불안감이 밀려왔다. 대중교통은 포기하고 택시를 잡아타야겠다고 생각했다. 직원 휴게소에서 택시를 잡을 수 있는 도로변까지 3분 남짓 걸리는 짧은 거리였는데도 지나가는 누군가가 나를 트랜스젠더로 알아볼까 무서웠다. 한 20분 정도를 휴대폰만 쳐다보며 아무도 지나가지 않기를, 나를 알아보는 사람이 없기를 기다리면서 쭈뼛댔다. 그러곤 겨우 용기를 내어 택시를 탔다. 애써 모임에 다녀오긴 했지만 그후로 마음속에 괜한 불안감이 자라나 한동안 나는 밖으로 나갈 엄두를 내지 못했다.

트랜스젠더 커뮤니티에서도 어려움이 있었다. 내게 트랜지션 정보를 알려주고 병원을 소개해주어 감사하게 생각하던 언니가 사실은 수술 브로커였다는 사실을 뒤늦게 알았다. 나는 언니와 편한 관계라고 생각해서 "언니, 정말로 수술 주선하고 커미션 받는 거야?"라고 물어봤다. 그 일로 나는 커뮤니티에서 강제 탈퇴를 당했다. 이후 카페에는 간혹 나에 대한 음해와 헛소문이 돌았다고 한다. 사실이 아니었기에 어떤 해명이나 사과를 할 가치도 느끼지 못했다. 그럴 기회도 없었다. 아무런 미련 없이 그 커뮤니티에서 나왔다.

이런 일련의 일을 겪고 나서 나는 다시금 소속감을 느낄 수 있는 집 같은 공동체를 찾고 싶었다. 몸은 호르몬 때문에 점점 변해가는데 가족은 나를 이해해주지 못하는 눈치였다. 화장을 해보고 싶어 처음으로 아이라인을 그려봤지만 그러고 나서 한시간 동안 집 밖에 나가지 못했다. 나가고 싶어도 나갈 수 없었다. 친구와 만나기로 약속을 잡아봤다. 하지만 이 모습으론 나갈 자신이 없었다. 갑자기 약속을 취소하고 펑펑 울었다. 몸의 변화를 느끼니 사람들의 시선도 엄청 의식하게 됐다. 트랜지션 전에는 "여자 같아요" "행동이 여자 같으세요"라는 말을 많이 들었다면, 호르몬 치료 후에는 "여자예요, 남자예요?"라는 질문을 많이 받았다. 예전에는 그냥 웃어넘길 수 있는 질문이었지만, 성별에 대한 나의 확답을 바라는 눈빛에 이젠 대답도 제대로 못 했다. 버스를 타도 사람들 시선을 의식해서 앞도 못 보고 고개를 푹 숙인 채 탈 지경이었다.

당시 나는 누가 봐도 대인기피증 환자였다. 과거에 경험했던 것보다 더 큰 우울감이 닥쳐왔다. 트랜지션까지 잘 해왔는데 아직도 두려움에 떨고 있는 내 모습이 무력하고 무가치해 보였다. 2~3주 정도를 집에서 아무것도 못 하고 하염없이 울었다. 돌파구가 필요한 상황이었다. 카페에 접속해 트랜지션 이후 사람들이 어떻게 직업을 구하고 삶을 살아가며 자신의 커리어를 만들어내는지, 트랜지션 후기가 아닌 트랜지션 이후의 삶의 후기를 찾기 시작했다.

그러다가 어떤 여행 후기를 보게 됐다. 호주에서 어떤 게이 커플이 손잡고 데이트하는 것과 트랜스젠더가 자연스럽게 거리를 활보하는 것을 보며 그 자유로운 삶에 충격을 받았다는 글이었다. 자유로운 삶. 내가 그런 삶을 살아본 적이 있었나? 나는 누구보다도 자유를 원했다. 답답한 상황을 돌파하길 원했다. 그래서 충동적으로 호주행을 결정했다. 영어로 제대로 인사도 못 하는 상태에서 갑작스럽게 떠난 호주 워킹홀리데이였다.

호주에서:
테이킹 호르몬?
테이킹 호르몬!

당당한 호주 트랜스젠더 할머니

호주행을 결심하고 내가 그동안 번 돈을 세봤다. 500만원 정도가 있었다. 엄마의 도움을 조금 얻어 무작정 제일 값싼 시드니행 비행기 표를 샀다. 시드니에 가려고 준비하는 과정에서 기대감이 매우 컸다. 새로운 곳에 가서 긍정적인 힘을 얻을 수 있겠다는 맹목적인 믿음. 한국을 벗어난 곳이라면 성소수자에게도 관대하고 내 모습을 있는 그대로 봐주지 않을까 싶은 막연한 환상. 호주에선 동성혼이 합법화되어 있고, 마디그라라는 국제적으로 유명한 성소수자 축제가 있다는 사실을 익히 들었었다. 호주는 왠지 나에게 괜찮은 나라일 거란 생각이 있었다.

하지만 현지에 도착하니 내가 영어를 못한다는 사실이 뼈 저리게 느껴졌다. 우선 워킹홀리데이로 온 사람들을 위한 가이드 책자가 있어서 그걸 보고 생존에 필요한 영어 몇마디를 외웠다. 어떨 땐 그 책들의 문장을 보여주면서 소통하기도 했다. 다행히도 내가 만난 호주 사람들은 궁금증이 많은 여행자를 친절하게 잘 대해주었다.

호주에 도착해서 처음 들어간 가게는 글로리아 진스라는 이름의 커피숍이었다. 처음으로 외국에서 주문을 해야 하는 순간이었다. 엄청 떨리는 마음으로 수줍게 책에서 본 기본 회화 문장으로 운을 띄우며 커피를 주문하려고 했다. 그 줄에서 내 앞쪽에 누가 봐도 나이가 있는, 키가 크고 덩치가 있는데 하얀 긴머리에 화려한 장신구, 굽이 있는 예쁜 신발을 하고 우아한 말투를 사용하는 트랜스젠더 할머니가 눈에 띄었다. 그분이 커피를 주문하는데 일상에 전혀 긴장감이 없어 보였다. 그 모습을 보면서 오히려 내가 심장이 떨렸다. '할머니에게 사람들이 욕을 하거나 경멸의 눈빛을 보내면 어떡하지' '커피 마시러 왔을 뿐인데 눈에 띄게 왜 이렇게 꾸미고 오신 거야ㅜㅜ' 하는 쓸데없고 소심한 마음의 소리가 내 안에서 울려퍼졌다. 할머니의 처지가 마치 내 일 같았다. 그분이 겪을지도 모를 위험이 걱정됐다. 하지만 나의 예상과는 달리 할머니의 주문은 너무 깔끔했고 종업원도 아무렇지 않게 주문을 받았다. 주변 사람들 그 누구도 할머니의 존재를 신경 쓰지 않았다. 나만 주제 넘게 걱정하고 있던 것이다.

할머니는 몹시도 여유로웠다. 나는 최대한 시비를 안 받기 위해, 나를 보호한다는 생각으로 몸을 최대한 가리고 있었다. 커다란 박스 셔츠에 면바지를 입고 있었다. 화장은 하고 싶었지만 할 엄두를 내지 못했다. 호주에서도 나는 누가 나를 트랜스젠더로 알아볼까 걱정하고 있었던 것이다. 이런 나의 태도와 대비되는 할머니의 화려함과 당당함에 낯이 뜨거워졌다. 머리를 망치로 맞은 듯 내가 잘못 살고 있는 건가 하는 생각이 갑작스레 들었다. 어쨌든 내 주문 차례가 다가왔고 모자란 영어로 주문을 했다. 그러고 나서 페리를 타고 갭파크(Gap Park)에 갔다. 사람을 집어삼킬 듯 높은 절벽이 솟아 있는 곳이었다. 나는 아무도 안 오는 절벽 한쪽에 걸터앉아 두시간을 펑펑 울었다. '나는 아직 멀었구나. 나는 아직 사람들 눈치를 엄청 보고 사람들을 엄청 신경 쓰고 있구나.' 차별과 혐오의 말들을 무섭고 더러워서 피하고, 시간이 빨리 흘러갔으면 하는 마음으로 고개숙인 채 버티기만 했던 경험들이 너무 서러웠다. 멍 때리고 바다를 보다가도 처음 우는 것처럼 다시 펑펑 울었다. 그러면서도 그 할머니가 정말 행복했으면 좋겠다는 생각을 했다. 그게 꼭 날 위한 생각 같았기 때문이다.

갭파크를 떠난 나는 금세 평정심을 되찾았다. 트랜스젠더 할머니를 받아들일 수 있는 사회와 문화 속에서 한번 재미나게 살아보고 싶어졌다. 호주에서의 첫날 밤을 보내기로 한 숙소에 도착해 익숙한 TG 삼보 컴퓨터(호주에서 보니 반가웠다)를 켰다. 호주 한인 커뮤니티 페이지에 들어갔다. 내가 묵을 수 있는 공간, 셰어하우스를 찾았다. 거실에서 생활하는 카우치셰어 한 곳이 값이 싸서(일주일에 100달러도 안 되는 가격이었다) 그곳을 선택했다. 어차피 잠만 자고 밖을 쏘다닐 건데 뭐 하러 숙소에 돈을 쓰나. 비행기 표 사느라 어차피 돈도 없는데. 호주에서 정말 스스로 한번 살아보자. 손에 쥔 생활비는 한달 치뿐이니 이걸로 최선을 다해보고, 아니면 집으로 돌아가야지. 나는 마음을 먹었다.

감당해봐, 나의 존재를

숙소에 묵는 사람들과 집주인은 한국인이었다. 게다가 같은 교회에 다니는 분들이었다. 집주인은 나를 보더니 여자인지 남자인지 긴가민가한 것 같았다. 여기 묵는 사람들이 다 남자인데 괜찮겠느냐고 물었다. 나는 그곳에 꼭 들어가야 했기 때문에 당당하게 괜찮다고 말하면서 그대로 묵겠다고 했다.

숙소에 있는 분들은 다들 좋은 분들이었다. 나는 숙소 사람들과 한인교회에 함께 다녔다. 교회에 가면 김치 같은 한국 음식을 먹을 수 있었기에 열심히 교회에 가기도 했다. 교회 분들은 다들 같은 교인이라며 나에게 친절하게 대해주긴 했는데 이상하게도 나를 다 남자로 봤다. 굳이 나도 정체성을 밝히지 않았다. 그런데 외국인들의 시선은 달랐다. 그들은 나를 여자로 봤다. 나는 그들에게도 정체성을 밝히지 않았다. 시간이 지나자 다들 내가 남자인지 여자인지 헷갈려하는 것 같았다. 하지만 그래도 나는 내가 누군지, 내 정체성이 무엇인지 아무에게도 말해주지 않았다. 트랜지션 중인 트랜스젠더로서 그냥 사람들에게 혼란을 안겨주고 싶었다. 어디 한번 감당해봐, 나의 존재를.

관계가 가까워지자 같은 숙소에 묵는 사람들이 일자리를 소개해주었다. 장소는 로컬 옷 공장에 딸린 물류창고였다. 구매 주문이 들어오면 상품을 찾아서 포장해 내보내는 작업이 내가 맡은 일이었다. 그 작업을 묵묵히 6개월간 했다. 영어 공부도 열심히 했다. 『그래머 인 유즈』(Grammer In Use) 같은 문법 책도 사서 공부하고, 함께 숙소에 묵던 한국인들이 자기가 공부하던 책을 넘겨주거나 자기만의 공부 방법을 알려주기도 했다. 공부하고 일하고. 생활에 활력이 붙었다.

돈도 꽤 벌었다. 공장은 내가 있던 숙소에서 두시간 거리에 있었고 매일 아침 8시까지 출근을 해야 했다. 6시에 기차를 타야 했고 기차를 타려면 다시 한시간 반 정도 버스를 타고 가야 했다. 하지만 영어를 하나도 못 하는 내가 운 좋게 현지인들이 하는 일을 구했고, 돈도 시간당 19달러씩 벌었으니 그저 감사한 마음이었다. 한국에서는 고작 시간당 3000~4000원을 받던 때였다. 이렇게 열심히 살다보면 나중에 성확정수술에 필요한 비용도 모을 수 있겠다는 생각이 들었다. 계획이 생기니 일도 더 열심히 하게 됐다.

영어는 못했지만 자신감이 있었다. 적응을 위해 생존 영어를 연습한 결과, 아주 간단한 옷 사이즈, 색깔 등을 소통하는 영어 정도는 쉽게 할 수 있었다. 나의 재능은 꼼꼼함이었다. 다른 이들과 달리 나는 주문 정보를 하나하나 대조해가며 꼼꼼하게 체크해서 제품을 골라 보내주었다. 그렇게 일하고 나니 직원이 40~50명 정도 되는 공장에서 나만 불량률이 제로였다. 인도네시아 출신 점장님이 나보고 일을 잘한다며 계속 격려해주고 함께 오래 일하자고 제안했다. 얼마나 일할 수 있을지는 장담할 수 없었지만, 어쨌든 실력을 인정받고 정직원이 되어 근로계약서를 쓰기로 했다. 그런데 계약서 양식을 보는 순간, 나는 내 눈을 의심할 수밖에 없었다. 성별 칸이 세칸이었다. 남성. 여성. 그리고 기타 성별. '기타' 칸에는 내가 불리길 원하는 성별과 호칭을 쓸 수 있었다. 나는 '기타'에 체크하고 'she'라고 적었다. 그냥 '여성'은 아닌 것 같았다. 내가 인식하는 성별을 더 잘 보여줄 수 있는 방법은 이렇게 적는 것이라 생각했다. 나는 'she'라 불리고 싶었다. 내가 생각하는 성별, 내가 선택한 성별이 작은 칸 안에서 드디어 하나가 됐다는 생각에 쾌감마저 느꼈다.

에디가 되다

계약서를 작성한 후 나는 자연스레 팀에서 처음으로 동료들에게 커밍아웃을 하게 됐다. 동료 한명이 내게 새로운 이름으로 '에디'(Eddy)를 권했다. 나는 그 이름이 마음에 들었다. 나를 인정해준 사람들이 권한 이름. 그들과 함께 보낸 시간을 기억하고 싶기도 했다. 그래서 나는 그 이름을 택했다.

내가 속한 팀은 태국, 인도네시아, 프랑스, 영국, 티베트 출신 사람들로 구성된 다국적 팀이었고, 그중에서도 태국 사람이 가장 많은 팀이었다. 태국은 트랜스젠더 의료가 산업화되어 있어서 태국인들 또한 트랜스젠더의 존재를 익숙하게 받아들이는 분위기가 있는 모양이었다. 태국인 팀장님이 나를 보자마자 "Taking hormone?"(호르몬 치료 중?)이라고 갑작스럽게 물어봤다. 나는 엉겁결에 "Taking hormone!"(치료받아요!)이라고 답했다. 팀장님은 응, 그렇구나 하는 표정으로 내게 외국에 나와서 엄청나게 고생한다며, 함께 잘 지내보자고 환대해줬다.

성소수자 그룹이 아닌 곳에서 나를 자연스럽게 드러내고 거기서 소속감을 느낄 수 있다니 매우 반갑고 기쁜 마음이었다. 사회적으로 나의 존재를 인정받고 나란 존재가 받아들여진 느낌이었다. 물론 직장은 직장이었기에 늘 즐거운 일만 있는 건 아니었다. 그래도 지금까지 나의 존재 자체가 내 삶에 일으킨 고통에 비하면 일하며 자연스럽게 겪는 고통은 괜찮았다.

나는 토요일까지 일했다. 주말엔 시급을 더 쳐줘서 거의 20만원을 한꺼번에 벌 수 있었다. 이 정도면 수술비가 아니라 내 집 마련도 가능하겠다 싶어서 더욱 열심히 일했다. 어찌 됐든 노력이 통했는지 3개월 만에 시급도 오르고, 영어가 능숙하지 못했지만 승진도 했다. 실력도 인정받고 내 존재도 보호받는 느낌이었다. 특히 소피 팀장님, 부드러운 목소리로 인사를 건네주고 건강을 걱정해주던 우리 팀장님은 태국에서 태어나 오래전에 호주로 이민을 와서 영어가 유창하고 유머 감각이 있었다. 정 많고 인간미도 넘치는 사람이었다. 간혹 잘 모르는 외부인들이 내게 성별을 물어보면 소피 팀장님이 무례한 질문 하지 말라며 나를 보호해주었다. 상황에 따라 더 짓궂게 나에게 질문하려 드는 사람이 있으면 정겨운 등짝 스매싱으로 에디를 괴롭히지 말라고 경고하며 나의 든든한 보디가드 역할을 해주었다. 보호막이 있다고 생각하니 나는 점점 더 자신감이 붙었다. 태도가 당당해졌다.

하루는 내가 신입 직원 교육을 해야 했다. 다들 호기심 어린 눈으로 내가 어떻게 직원 교육을 시키려나 궁금해하는 게 보였다. 나는 당당히 시범을 보이며 이렇게 외쳤다. "Follow me! Copy me! No speaking! Focus!"(날 따라해요! 날 보고 똑같이 해요! 잔말 말고! 집중하세요!) 그리고 송장을 가리키며 "Read!"(송장 읽으세요!) 상품 정보에 맞는 브랜드가 있는 곳으로 가서 "Check! Fast! Fast! Grab!"(확인하세요! 빨리빨리! 물건 잡아요!) 이렇게 짧은 영어로 간명하게 업무 설명을 했다. 사람들은 무슨 쇼를 보듯 나를 보며 완벽한 설명이라고 감탄했다. 나는 그렇게 공장의 명물이 되어가고 있었다. 팀에는 영어를 잘하는 호주인도 있고 미국인도 있었는데 영어를 못하는 내가 신입 교육을 가장 잘하는 사람이 되어 있었다. 이런 상황을 경험하다보니 나를 스스로 인정하고 자신감 있게 행동하는 게 무엇보다 중요하다는 사실이 머릿속에 각인되었다. 한국에서는 지레 겁먹고 대인기피증에 시달리던 내가 여기선 영 딴판의 인간으로 다시 태어난 것이다. 가끔은 쓸데없는 질문을 하는 신입 남자 직원들을 짓궂게 놀리기도 했다. "Never ask a question! Be a man!"(묻지 말고! 남자답게!)

나의 외모만큼이나 단답형(이지만 카리스마 있는) 영어는 사람들을 헷갈리게 했던 것 같다. 어떤 이들은 "쟤는 남자야 여자야" 하며 궁금해하기도 했고 어떤 이들은 "쟤는 영어를 잘하는 거야 못하는 거야” 하며 궁금해하기도 했다. 사람들에게 혼란스러운 질문을 강제로 던지는 존재이자 이곳의 질서를 무너뜨리는 생태교란자가 된 느낌이었다. 나쁘기는 커녕 오히려 재미있었다. 헷갈림과는 상관없이 나는 사람들의 사랑을 받았다. 태국인 동료들이 트랜스젠더에 친화적이고 워낙 내게 잘 대해주다보니 오랜 세월 응어리진 마음이 풀리는 느낌이었다. 반면 한인 커뮤니티에서는 사람들과 어울리기가 어려웠다. 거의 교회 기반의 공동체여서 성소수자 커뮤니티를 찾기도 하늘의 별 따기였다. 가끔은 이런 말을 듣기도 했다. “오늘은 시드니 시내 나가지 마세요. 동성애자 같은 이상한 사람들이 거리에 많이 나와 있더라고요.” 또는 이런 말. “에디 씨는 자꾸 여자처럼 행동하네?” 그들은 무심코 던진 말이었겠지만, 나는 이런 이야기를 들은 뒤엔 울면서 출근해 하루 종일 우울에 잠겨 일하곤 했다.

금방 6개월이 지났다. 열심히 일한 덕분에 2000만원 정도가 모였다. 내가 호주에 들어올 때 받았던 워킹홀리데이 비자로는 한곳에서 6개월 이상 일하지 못하게 정해져 있어서 비자를 새로 받아야 하는 상황이었다. 점장님이 더 일할 생각이 있는지 물어봤다. 일을 한다면 본인이 나서서 비자 문제를 해결해주겠다고 했다. 하지만 나는 그걸 마다했다. 호주에서 이미 새로운 삶의 시야가 트인 느낌이었고, 이만하면 됐다 싶었다. 한국에서 새로운 마음으로 살아볼 수 있을 것 같았다. 그래서 집으로 돌아가기로 결정했다. 마침 셋째를 가진 언니가 출산을 앞두고 많이 불안해하던 중이라 언니를 옆에서 도와주면 좋겠다는 생각이 들었다.

출국하기 전 시드니 안에서 간단히 여러 마을과 해변을 여행했다. 출국 직전에 찾아간 본다이 비치라는 곳이 떠오른다. 그 아름다운 해변 한쪽에는 공동묘지가 있었다. '세상에서 가장 아름다운 공동묘지'라는 팻말이 눈에 들어왔다. 사람들이 재미있게 노는 해변 반대편에는 아주 고급스러운 건물들로 채워진 부촌이 있었다. 해변과 부촌 사이, 바다가 극영화의 한 장면처럼 생생하게 내려다보이는 언덕에 그 묘지가 있었다. 나는 이름 모를 누군가의 무덤 옆에 앉아 앞으로 어떻게 살아갈 것인지 고민했다. 묘지에 앉아 있으니 자연스럽게 어떻게 죽어야 할까 하는 생각도 들었다. 삶과 죽음을 동시에 숙고하게 되는 장소였다. 나를 복잡한 생각에 휩싸이게 한 그곳에서 조용히 호주 여행에 마침표를 찍었다.

그렇게 나는 한국으로 돌아왔다. 트랜스젠더로서 인정받고 환대받은 기억을 안고 돌아온 나는 앞으로의 삶은 뭔가 다르게 살아봐야겠다는 마음을 먹었다. 내가 먼저 주눅이 들어선 안 됐다. 우선 당당해야 했다. 내가 먼저 나의 존재를 받아들여야 했다. 나는 트랜스젠더 '에디'였다.

이태원에서:
트랜스젠더의 사회생활

나의 공동체를 찾다

갓난아이인 셋째 조카 훈이가 한살이 될 때까지 보살핀 것. 내가 한국에 돌아와 처음으로 한 일이었다. 출산 후 몸을 회복하고 새로운 일을 알아보고 있던 언니를 대신해 육아를 하면서 어린아이를 돌보는 일은 사랑만으로는 할 수 없다는 걸 깨달았다. 작디작은 존재의 삶을 책임지고 있다는 부담감을 견뎌야 했다. 눈을 깜박이는 그 찰나에도 잠시나마 관심을 거두면 아이가 크게 다치는 상황이 벌어질 수 있다는 것을 배웠다. 셋째만이 아니라 첫째 준이, 둘째 환이도 돌봐야 했다. 언니 부부가 일 나가느라 아침 일찍 집을 비우면 나는 아이들을 깨워서 씻기고 밥 먹여 유치원에 보냈다. 유치원 통학 차량에 탑승한 아이들을 배웅한 뒤 집에 돌아와 셋째를 봐주면서 청소를 했다. 그러다 3~4시가 되면 유치원에 가서 아이들을 데려 오는 생활. 가끔은 집과 유치원 사이를 오가며 변화하는 계절 풍경을 감상할 수 있었다. 1년 동안 시간이 흐르는 것을 느리게 지켜봤다. 훈이가 조금씩 두 발로 서는 연습을 하기 시작했을 때 슬슬 나도 독립을 준비해야겠다는 생각이 들었다. 내게도 새로운 삶을 위한 두 발 서기 연습이 필요한 시점이었다.

우선 직업을 찾아야 했다. 성별과 상관없는 일을 하고 싶었다. 내 정체성을 신경 쓰지 않고 자유롭게 할 수 있는 일은 뭐가 있을지 한참 고민했다. 하지만 그런 일은 거의 없었다. 어차피 안 될 거, 그냥 하고 싶은 일이 뭔지 생각해봤다. 문득 군 복무 시절에 재미있게 봤던 드라마 「커피프린스 1호점」의 주인공 고은찬이 떠올랐다. 고은찬이란 인물은 트랜스젠더는 아니지만 성별 경계를 흐리는 캐릭터였다. 나는 은찬이 카페에서 일하던 모습을 떠올렸다. '이런 직업이라면 해볼 만하지 않을까? 바리스타가 되면 트랜스젠더로서 자유롭게 일할 수 있지 않을까?' 바리스타라면 성역할에 구애받지 않고도 해낼 수 있을 만한 직업 같았다. 의도치 않게 성별을 속였다는 오해나 죄책감으로부터 자유로울 수 있을 것 같기도 했다. 더구나 고은찬이라는 인물의 이야기가 TV 드라마로 나왔다면, 나의 사연도 한편의 이야기처럼 사람들이 받아들여줄 수 있지 않을까 하는 기대가 있었다. 오래전 인기를 끈 드라마의 서사 한자락에 의지해 혹시 모를 사람들의 이해를 바란 듯싶기도 하지만, 나는 그때 현명한 결정을 내린 것 같다.

그길로 나는 국비 지원 교육 프로그램에 등록했다. 생각보다 어렵지 않았다. 기본 교육을 열심히 받았더니 바리스타 필기시험은 턱걸이로나마 합격할 수 있었다. 문제는 실기시험이었는데 약간의 운이 따랐다. 실기시험에선 두명의 참가자가 감독관 앞에서 에스프레소 네잔, 라떼 네잔을 10분 안에 정해진 절차대로 만들어내야 한다. 시작부터 우당탕탕이었다. 나와 조를 이루어 시험을 치른 사십대 여성분이 시험 시작과 동시에 원두가 담겨 있던 통을 넘어뜨리는 바람에 바닥에 온통 원두가 쏟아지고 난리가 났다. 이걸 운이 좋았다고 해야 하나. 나는 몇번 실수를 했지만 감독관의 이목이 그 여성분에게 집중된 탓에 별 탈 없이 합격하게 됐다. 그렇게 바리스타 2급 자격증을 땄다. 추진력을 얻은 느낌이었다. 내친 김에 앞으로 내가 살아갈 곳과 내가 속할 트랜스젠더 커뮤니티도 동시에 찾아보기 시작했다. 평소에 활동하던 트랜스젠더 커뮤니티가 온라인 위주로 돌아가다보니 온라인에서만 소통하는 친구 말고 실제로 만날 수 있는 친구를 사귀고 싶었다.

퀴어문화축제에 처음 참가해본 것도 그때쯤이었다. 을지
로입구역과 을지로3가 사이에서 축제가 열리고 청계천을 따
라 퍼레이드를 한다는, 사랑의 비너스에 올라온 홍보 글을 보
고 호기심이 생겼다. 그래서 2012년 6월 2일 토요일, 제13회 퀴
어문화축제에 태어나서 처음으로 참가해봤다. 행사 제목은 '퀴
어 러브 세레모니'였고 모임 장소는 청계천변 한빛미디어파크
였다. 몇천명의 성소수자가 모여 있었다. 이런 광경은 처음이
었다. 나와 비슷한 사람들이 이렇게나 많다니! 게이, 레즈비언,
트랜스젠더 들이 모여 여러 부스를 꾸리고 재밌는 공연을 펼치
고 있었다. 부스마다 셀 수 없이 많은 무지개 굿즈와 당당한 슬
로건이 가득했다. 일상에서 내뱉기 어려웠던 '동성애자' '게이'
'트랜스젠더' '레즈비언' '바이섹슈얼' 같은 단어가 누군가의 현
수막, 어느 부스의 피켓에 적힌 채 행사장 어디에서나 돋보였
다. 서울 시내 한복판에서 이렇게나 당당하게 성정체성을 드러
낼 수 있다니. 그저 함께 있는 것만으로도 소속감과 안전함을
느낄 수 있었고, 몸과 마음이 따뜻한 온기와 자랑스러운 힘으
로 가득 채워지는 것 같았다. 이곳에선 내가 주인공이구나 하
는 느낌마저 들었다.

　　또 한가지 믿을 수 없는 광경을 목격했다. 행사장에 있

는 많은 부스 가운데 교회라고 소개하는 곳이 보이는 게 아닌가. 이태원에 거주하는 다국적 성소수자들이 모이는 교회 ODCC(Open Doors Community Church[열린문공동체교회], 나중에 이 교회는 명칭을 ODMCC, 즉 Open Doors Metropolitan Community Church[열린문 메트로폴리탄공동체교회]로 변경한다)였다. 사실 나는 충실한 기독교인이면서도 예배에 출석해 성경을 펴는 순간부터 목사님의 설교가 끝나는 순간까지 언제나 나의 존재를 부정당하는 느낌이었다. 하나님 앞에서는 거짓 없이 모든 것을 말해야 하며, 죄라 여겨지는 것을 회개하기 위해서라도 늘 솔직해야 한다는 교회 분위기 속에서 나는 나의 성정체성 혼란을 어떻게 다뤄야 할지 막막하기만 했다. 동성애, 성정체성 혼란을 사탄의 소행과 연관짓는 설교를 귀에 못이 박히도록 들었기 때문인지, 교회는 내가 가장 힘들 때 찾게 되는 소중한 장소, 하나님이 계시는 장소이면서도 나에게 가장 큰 중압감을 주는 어려운 장소, 모순적인 감정을 자극하는 장소였다. 그런 교회가 성소수자를 환영한다니.

ODCC는 2013년 미국에서 온 대니얼 페인 목사님이 성소수자들도 기독교 공동체의 일부가 될 수 있다는 믿음으로 세운 교회였다. 무엇보다 대니얼 목사님 본인이 게이였고 언제나 교회 공동체 내에서 진보적인 목소리를 내고자 노력하는 분이었다. 나는 이런 교회가 있다는 사실을 도저히 믿을 수가 없어 부스 앞에 한참 서서 ODCC 교인 한분과 대화를 했다. 정말 성소수자도 편히 갈 수 있는 교회인지 물어보니, 친절하게도 그분은 교회를 소개하는 팸플릿과 함께 교회 홈페이지, 예배 시간 등을 안내해주었다. 퀴어문화축제를 경험한 것도 신선한 충격이었지만 세상에 성소수자를 환영하는 교회가 존재한다는 사실이 더 충격이었다. 나는 부스에서 받은 팸플릿을 고이 접어 주머니에 넣었다. 그러고는 다양한 퍼포먼스로 꾸며진 퍼레이드와 무대 행사에 스며들어 눈치 보지 않고 큰 소리로 노래를 따라 불렀다. 누구보다 격하게 손을 흔들고 환호성을 질렀다. 딱히 누가 나를 알아봐주길 기대했다기보단 그곳에 있던 모든 이에게 지금 당장 내가 느끼고 있는 기쁜 마음을 전하고 싶었다.

무지갯빛 교회 ODCC

행사가 끝나고 집에 돌아오자마자 주머니에서 팸플릿을 꺼내 ODCC에 대한 검색을 시작했다. 성소수자를 환영하는 교회라지만 교회는 결국 교회 아닐까 싶은 의심도 든 게 사실이다. 궁금증을 풀고자 당장 다음 주말 그곳에 가보리라 결심했다.

처음 ODCC에 간 날, 자기소개를 부탁받았다. 나는 선뜻

뭐라고 말을 못 했다. 트랜지션만 했지 머리도 짧아서 망설이던 나는 '아직은 남자'라고 스스로를 소개했다. 트랜지션을 진행해도 젠더표현을 하기까지는 시간이 필요했고, 호르몬 치료 말고는 수술을 하지 않았을뿐더러 입는 옷이나 메이크업 등을 전혀 못 했던 시기라 선뜻 '여자'라고 말하기가 어려웠다. 하지만 나 말고도 그날 함께 온 이들이 다양한 정체성으로 자신을 소개하는 모습을 보니 솔직하게 말해도 괜찮겠다는 생각이 들었다. 용기가 생겨 예배가 끝난 뒤 사람들에게 미처 하지 못한 말이 있다며 고백을 했다. 나는 트랜스 여성으로 정체화했고 트랜지션 중이라고 솔직하게 말했다. 그러자 사람들이 엄청나게 나를 반기며 환대해줬다. 놀라운 점은 이 이야기를 들은 교인들이 나에게 어떤 호칭으로 불러주었으면 좋겠느냐고 먼저 물어봤다는 사실이다. 무척 따뜻하고 친절한 분위기 속에서 나는 안도가 되었다. 사람들에게 she 호칭과 호주에서 썼던 에디라는 이름을 쓰겠다고 말했다. 그때부터 나는 교회에서 에디로 불렸다. 당연하단 듯 교회 오빠로 불리던 시절이 새삼스럽게 느껴졌다.

ODCC를 다니면서 많은 경험을 했다. 교회에서 만난 친구들은 내 정체성을 자연스럽게 존중해주었고 재미있는 파티에도 초대해주었다. 그들은 파티에서 새로운 사람들을 만날 때마다 내가 불러달라고 부탁한 호칭과 내가 다른 사람들에게 인식되기를 원하는 성별로 나를 소개해주었다. 그렇게 친해진 사람들과 1박 2일로 여행을 가기도 하고 클럽에서 놀기도 했다. 평균 예배 참석 인원은 열명에서 스무명 사이, 대부분이 성소수자 당사자였지만 앨라이(ally, 성소수자 당사자는 아니지만 그 권리를 옹호하고 차별에 반대하는 사람)도 많았다. 설교는 주로 영어로 진행됐는데 사이사이 통역이 있어 비영어 사용자도 설교를 이해하는 데 어려움은 없었다. 설교 내용도 참 좋았다. 성소수자를 차별하거나 혐오를 정당화하는 성경 구절이 나오면 당시 시대적 배경에 대한 설명을 토대로 어떻게 이해해야 할지 길을 터주었다. 예배에 참석한 이들이 성소수자로서 겪는 어려움을 나누고 위로의 성경 구절을 함께 읽으며 기도하는 시간이 참 소중했다.

그렇게 친해지면서 하루가 멀다 하고 붙어다닌 멤버들이 바로 대니얼 목사님과 준, 조셉과 은선이, 키디다, 크리스, 릭, 존 블레이크, 마크, 대니얼, 준걸과 그의 애인이다. 이들 모두 성소수자이기도 하고 과거 속해 있던 교회 공동체 안팎에서 상처를 겪어서 서로의 소중함을 잘 알고 있었던 것 같다. 한주 동안 직장과 일상에선 성소수자임을 숨기고 아닌 척 버티다 교회 안에서 자신의 존재를 마음껏 드러내며 힘을 충전했다. 교회에 가는 날이야말로 자유와 해방감을 느끼는 날이었다. 게이 클럽에서 노는 걸 좋아하는 친구들도 있어서 자주 따라다니며 놀기도 했다. 가끔은 교회 헌금으로 행사비를 모아 교인들을 위한 작은 공연을 준비하기도 했다. 그 과정에서 작은 역할과 책임감을 가질 수 있어 좋았다.

이렇게 나는 단체 생활을 하며 성취감과 보람을 느꼈던 것 같다. ODCC에 가는 주말이 너무나 기다려졌다. 평일에도 페이스북으로 서로 안부를 묻고 사진을 공유하면서 시간을 보냈다. 교인들과 성경을 펼쳐 함께 읽는 일이 즐거웠다. 이전에 다니던 교회에선 뉴스나 대중매체에 성소수자 이슈가 화제가 되면 그 자체만으로도 얼마나 세상이 타락했는지 알 수 있다는 둥, 저들로부터 교회를 지켜야 한다는 둥 성소수자를 마치 전염병 바이러스처럼 취급하는 설교를 종종 들었었다. 하지만 ODCC에선 성소수자 일상의 다양한 경험을 교회 안에서 나눌 수 있었고, 서로를 위해 기도할 수도 있었다. 특히 일상 나눔에서 얻은 경험담이나 교훈은 당시 성소수자로서 자기긍정을 위한 첫걸음을 막 떼기 시작한 나에겐 소중한 삶의 지침이 되기도 했다.

어찌 보면 교회 안에선 매우 단순한 인간관계가 작동하고 있었다. 기쁜 일이 있으면 축하해주었다. 슬픈 일이 있으면 당연히 위로해주었다. 그렇게 기쁨과 슬픔을 공평히 나누며 우리는 가족처럼 지냈다. 특별한 일이 없어도 조용히, 안정적으로 지탱될 수 있는 관계. ODCC에서 활동하면서 온전히 나의 삶을 살기 위해선 나와 비슷한 사람들로 구성된 지지 그룹의 역할이 굉장히 중요하다는 것, 나 또한 누군가를 지지해줄 수 있도록 노력해야 한다는 것을 배웠다.

ODCC의 특이하고 재미난 점은 클럽에서 예배를 본다는 점이었다. 매주 일요일 오후 교인들은 '문나이트'라는 클럽에 모여 예배를 봤다. 나는 자연스럽게 예배도 볼 겸 클럽에 들락거리게 됐는데, 문나이트 클럽 사장이던 마크가 주말에 나와서 바텐더로 일해보지 않겠느냐는 제안을 했다. 바텐더로 일한 경험은 없었다. 하지만 일단 배워보자는 생각으로 제안에 응했다. 마크 사장님은 정말 좋은 분이었다. 아무것도 모르는 내게 적당한 거품을 얹어 생맥주 따르는 법부터 칵테일 만드는 법까지, 술에 관한 많은 지식을 알려주었다. 나는 손이 서툴렀지만 열심히 익히고 짐도 나르면서 내 몫을 하려고 노력했다. 클럽에 찾아오는 외국인 뮤지션이나 여행객에게 서빙을 하고 이야기를 나누다보니 시야도 더 넓어지는 것 같았다. 늦게까지 일하다가 새벽이 되면 이태원 거리로 나가 다같이 케밥을 사먹었다. 기운이 남아 있으면 논현동까지 넘어가 맛집을 방문하기도 했다. 순수하게 재밌었다. 고된 노동이긴 했지만 그저 일로만 느껴지진 않았다. 밤늦도록 함께하면서 우정을 쌓는 시간이었다.

주중엔 육아를 하고 주말엔 ODCC에 가는 생활이 이어졌다. 동시에 ODCC에서 사람들을 만날수록 독립해야겠다는 생각이 굳어졌다. 언니와 상의해 조카들을 돌봐주는 일은 마무리를 했다. 그리고 ODCC에 다니며 이미 익숙해진 이태원에 자리를 잡기로 했다. 이태원은 트랜스젠더 바도 많고 퀴어들의 생활 터전이기도 했기에 마음이 편했다. 부동산을 다니며 집을 알아봤다. 방 세개짜리 낡고 오래된 집이 눈에 띄었다. 한평도 안 되어 보이는 창고 같은 방이 하나, 벽에 곰팡이가 심하게 슬어서 절대 들어가면 안 될 것처럼 보이는 방이 하나, 다른 방들에 비해 이상할 정도로 큰 방이 하나 있는 집이었다. 독특하게도 출입문이 두개였다. 주인은 보증금 400만원에 월세 40만원을 제안했지만 나는 이번에야말로 내 전공을 발휘해보기로 했다. 내가 셀프로 방을 다 수리한다는 조건으로 보증금 200만원에 월세 20만원을 제안했고, 그대로 협상에 성공했다.

셀프 인테리어 재료비로는 140만원 정도가 들었던 것 같다. 도배를 하고 깨진 유리창, 곰팡이 핀 타일, 바닥이 움푹 파인 곳을 수리했다. 더러워진 장판도 내 손으로 직접 교체하며 망가진 곳을 하나하나 손보았다. 첫 독립이라 짐은 거의 없었다. 매트리스와 옷 몇벌이 전부였다. 보광동의 동네 이불가게에 가서 마음에 드는 이불을 사왔다. 보송한 새 이불을 매트리스 위에 깔아보니 살 만한 느낌이 들었다. 여기서 하룻밤을 자고 일어나면 새로운 삶이 시작될 것 같았다.

사회로 내딛은 첫발

클럽 문나이트는 2014년 사장님의 개인 사정으로 안타깝게 문을 닫았다. 자연히 나는 일자리를 잃었다. 호주에서 모은 돈이 있었지만 그 돈은 이사를 다니고 집을 수리하며 순식간에 사라졌다. 새롭게 안정적인 수입원이 필요한 상태였다. 다시 '사랑의 비너스'에 들어가 구인/구직 후기를 찾아보았다. 다른 트랜스젠더들은 대체 어떻게 돈을 벌며 살고 있는지 궁금했다. 마침 카페 채팅방에서 알게 된 오빠가 재미있는 CD 바를 알고 있으니 함께 놀러 가자고 했다. 신사에 있는 CD 바였다.

처음 문을 열고 들어섰을 때 매장 안은 생각보다 조용했다. 그때까지만 해도 CD 바는 성적으로 개방적이고 시끄러운 곳이라는 생각을 갖고 있었는데, 그곳은 편안하게 서로 이야기를 나눌 수 있는 곳이었다. 운 좋게 사장님과 대화할 기회도 생겼는데 사장님 말이, 바에서 카페로 업종 변경을 하고 싶다는 거였다. CD들도 편하게 모여 차를 마실 수 있는 카페를 만드는 게 그분의 꿈이었다. 나는 좋은 기회다 싶어 나의 바리스타 자격증을 어필했다. 사장님도 내가 마음에 들었는지 같이 일해볼 생각이 있느냐고 물었다. 반갑게 수락을 했다. 그곳은 자주 찾는 단골이 많은 편안한 분위기의 가게였기에 트랜스젠더, CD 당사자와 만나 친교를 쌓을 기회가 많았다. 월급은 팁을 합쳐도 100만원이 안 될 만큼 적었다. 하지만 손님들과 살아가는 이야기를 자주 나눴고, 그러면서 다양한 직업에 종사하는 CD 언니들과 트랜스젠더 언니들을 사귈 수 있게 됐다. 이제는 친언니처럼 지내고 있는 리아 언니도 이 가게에서 만난 소중한 인연이다.

하지만 경영난 탓에 바에서 카페로 순조롭게 업종이 변환되진 않았다. 나는 바리스타 경력을 쌓고 싶었기에 그곳에서 일을 계속하는 건 무리였다. 이제는 정말로 지속적인 트랜지션을 뒷받침할 만한 안정된 직장이 필요했다. 나이도 서른에 가까워지니 마냥 놀 수만은 없다는 생각이 들었다. 경제적 안정이 절실했다. 일단 바리스타 자격증 하나만 믿었다. 이력서를 써서 구인 중인 카페들에 보냈다. 주로 인터넷 사이트를 통해 지원했기에, 회원 가입 때 입력한 성별 정보 '남성'으로 채용에 지원할 수밖에 없었다. 그래서 면접을 보러 가면 사장들이 항상 난색을 표했다. 자기가 생각한 남자 직원이 아니라는 반응, 여자 직원을 원했는데 사진만 보고 잘못 연락했다는 반응 등 거절의 이유는 뻔했다. 나는 전략을 바꿨다. 아예 이력서에 "나는 군대를 다녀왔고 지금은 트랜지션을 진행 중이며 현재는 자신을 여성으로 정체화하고 있다"라고 정확하게 썼다. 여성 파트, 남성 파트 상관없이 열심히 일하겠다고도 썼다. 혹시 부정적인 인상을 줄까 싶어 신경 써서 예쁘게 다시 찍은 사진도 첨

부했다. 그러면서도 '나는 트랜스젠더입니다'라고 분명히 적어, 면접장에서는 굳이 커밍아웃이 필요 없도록 준비했다.

그렇게 용산, 종로, 강남의 여러 카페에 이력서를 돌렸다. 100군데 정도 뿌렸을까. 그중 스무군데 정도에서 연락이 왔다. 열다섯군데 정도는 대충 이력서 사진만 보고 나를 여자로 생각해 연락을 한 거였다. 면접장에서 정말 순진한 얼굴로 여자인데 군대를 다녀왔느냐며 놀라는 사장들 때문에 난감하기도 했다. 다섯곳은 아주 쿨한 사장님들의 카페였다. 일단 내가 트랜스젠더라는 걸 이해는 한다고 했다. 그러면서 트랜스젠더라니까 신기해서 연락을 해봤다고 말했다. 마지막으로 다섯곳이 남았다. 이 카페들은 내가 트랜스젠더라는 걸 전혀 개의치 않고 연락을 준 곳들이었다. 평범하게 나를 심사하고 정말 본인들 가게에서 일할 만한 사람인지 판단하려는 것 같았다. 그렇게 한 카페에서 정식으로 면접을 보고 채용이 됐다. 중소 커피회사에서 운영하는 카페였다. 건물 2~3층은 커피 개발도 하고 영업 관리도 하는 회사 사무실이었고, 1층은 카페로 운영했다. 나는 1층에서 카페 업무를 보고 2층에선 메뉴 개발도 하면서 점차 일에 적응해나갔다.

나를 채용한 인사담당관은 매우 쿨한 사람이었다. 면접 후 5분 만에 채용을 확정하고 다음 날부터 출근하라고 나에게 통보했다. 운 좋게도 직장은 매우 가까웠다. 걸어서 30분, 킥보드를 타면 15분 정도가 걸리는 거리였다. 평소에는 손님들에게 주문받은 커피를 만들어 내주고 회사가 진행하는 행사가 있는 날에는 지원을 나갔다. 그러면서 점차 회사 구성원들을 만나게 됐는데, 나중에 알고 보니 인사담당관을 제외한 모두가 나를 여성으로 알고 있었다.

이런 일도 있었다. 일한 지 3개월쯤 되었을까. 내가 카페에서 일하고 있는데 갑자기 직원들이 떼 지어 1층으로 내려오더니 나를 빤히 쳐다봤다. 왜냐고 물었더니, 전날 회식에서 인사담당관이 나를 남자라고 소개했다는 거였다. 머릿속이 뒤죽박죽이 된 느낌이었다. 그동안 얼굴도 트고 신뢰도 쌓은 직원들의 얼굴이 보였다. 나는 이제 모두에게 더 정확히 말해야겠다고 생각했다. 그래서 내 주변에 옹기종기 모인 직원들에게 나는 어떤 사람인지, 현재 내가 스스로를 어떻게 정체화하고 있는지 설명했다. 그 자리에 있던 모두가 각자 어떤 생각을 했을지는 모르겠다. 분명한 건 몇몇 직원은 내 설명이 끝난 후 곧바로 응원의 메시지를 전했다는 사실이다.

손님들 또한 내 존재를 헷갈려했다. 1년 정도 일했을 때였다. 단골 손님들이 앉아 있는 테이블에서 내가 남자인지 여자인지 헷갈린다며 나의 성별에 대한 이야기가 오가는 것이 들렸다. 자주 있는 일이니 그러려니 하고 있었는데, 그중 한분이 대표로 일어나서 나한테 성별이 뭐냐고 물어보는 것이 아닌가?

가뜩이나 바쁜데 짜증이 났다. 그래서 그분에게 "저는 트랜스젠더고요, 곧 수술할 거예요"라고 말해버렸다. 그러자 매장 안이 갑자기 쥐 죽은 듯 고요해졌다. 질문한 손님의 얼굴도 빨개졌다. 본인이 실례를 범했다고 생각하는 것 같았다. 그분은 내게 사과를 하고 빠르게 자리로 돌아갔다. 그리고 다음 날. 그 손님이 다시 카페로 찾아왔다. 손님은 어제 일을 다시 한번 사과하더니, 갑자기 자신의 이혼 사실을 밝히며 아픈 과거를 털어놓았다. 일종의 '비밀 교환'을 시도하며 공감과 용서를 구하는 손님의 모습에 웃음이 나면서 마음이 풀어졌다. 그후 그 손님과 친해져서 자주 인사도 하고 일하다 시간이 날 때면 이런저런 잡담을 나누기도 했다.

카페가 쉬는 날에는 도장 깨기 하듯 로스팅으로 이름난 카페들을 찾아다녔다. 여러 커피를 시음하고 "음…… 이 커피에선 사바나 초원에 서식하는 하이에나의 앞발에 낀 호두의 맛이 나는구나"라고 중얼거리며 나름대로의 평가를 정리해보기도 했다. 경험을 쌓으며 실력을 기르다보면 퀴어들이 많이 찾는 카페를 개업해, 트랜스젠더 고은찬으로서 나만의 공유를 만날 수도 있지 않을까 하는 상상도 해봤다. 그렇게 카페 사장님이 되면 좋겠다는 꿈이 생겼다. 한달에 70만원도 채 벌지 못한 시절이었지만, 삶에 조금씩 진전이 보이는 게 좋았다. 교회와 인권단체 행사에 참여하기도 하면서 내가 속한 공동체, 트랜스젠더로서 내가 살아가는 방법을 사람들과 나누기도 했다. 아무런 사심 없이 '자신에게 당당해지는 삶을 꼭 경험해보세요'라고 권하는 삶의 전도사가 된 기분이었다. 나를 포기하지 않아야 세상을 포기하지 않을 수 있다는 확신을 갖고 살아가던 때였다. 이렇게 나의 이십대 후반은 점점 다채로운 무지갯빛으로 물들어갔다.

나를 키워준 곳, '띵동'

"○○이가 자살했대!"

어느날 교회에서 친하게 지내던 게이 동생이 약을 먹고 자
살했다는 소식을 들었다. 평소 페이스북에 삶이 힘들다는 게시
글을 올리곤 했었다. 그때마다 교인들이 동생을 찾아가서 같이
밥을 먹고 함께 어려운 일을 해결해주기도 했다. 하지만 그것
만으론 부족했나보다. "돌고래가 되고 싶어요." 평소에 자유롭
게 헤엄치는 돌고래를 좋아한다고 말하던 동생은 이 말을 남기
고 먼 곳으로 떠났다.

퀴어로서 경험하는 사회생활에 그럭저럭 적응해간다 싶었을 때, 높디높은 현실의 벽에 갑자기 머리를 세게 부딪힌 느낌이었다. 교회 커뮤니티에서의 돌봄엔 한계가 있다는 것을 깨달았던 것이다. 이 동생의 죽음을 계기로 그간 모두가 경계했지만 애써 억눌러왔던 퀴어들의 죽음과 상실의 경험에 대한 이야기가 폭발적으로 오갔다. 퀴어의 자살은 사실 흔했다. 어느 퀴어 커뮤니티든 공통적으로 상실의 경험을 공유하고 있었다. 나는 여기저기서 들려오는 크고 작은 슬픈 소식들에 귀를 기울이게 됐다. 다정한 사람들이 모인 커뮤니티 안에선 평화로운 애정을 경험할 수 있었다. 하지만 커뮤니티 바깥의 사회는 달랐다. 사회에서 자립을 시도하는 퀴어들이 무심코 듣게 된 송곳 같은 혐오 발언에 상처를 입고 하나둘 자신을 해치는 선택을 하는 것을 계속 봐왔다. 이 슬픈 소식의 행진을 멈춰야 할 것 같았다.

주위로 눈을 돌려보니 가족과 학교에서 상처받고 퀴어 커뮤니티로 흘러드는 청소년 성소수자들이 눈에 띄었다. 그들을 보면 나의 학창 시절이 떠올랐다. 고통이 계속 대물림되고 있다는 생각이 들었다. 이 고통을 현재진행형으로만 놔둘 수는 없었다. 그러던 와중에 교회 멤버 한 사람이 모금 행사를 제안했다. 행사와 관련해 성소수자 단체를 비롯한 여러 시민단체가 모여 위기 상황에 놓인 청소년 성소수자를 지원하는 단체를 만들고 있다는 소식도 들렸다. 세상을 떠난 동생 때문에 괴로워하고 있던 나로선 어떻게든 청소년 성소수자들에게 도움이 되고 싶고, 행사에 참여하고 싶다는 뜻을 밝혔다. 그래서 당시 교회 차원에서 혹은 개인 차원에서 할 수 있는 모든 걸 하려고 노력했다. 후원의 밤을 기획해 모금운동을 하는 것은 물론, 우리 교회 바깥의 여러 단체에서 하는 모금 행사에도 주변 지인들을 우르르 데려가 지원하기도 했다. 당시 예배 시간에 나눈 기도 내용의 대부분은 청소년 성소수자 지원 단체의 설립을 기원하는 간절함으로 채워져 있었다. 이때 만들어진 단체가 청소년 성소수자 위기지원센터 '띵동'이다.

나는 활동 과정에서 자연히 띵동의 핵심 멤버들을 알게 되었고, 감사하게도 같이 일해보자는 제안을 받았다. 의미있는 일에 뛰어들고 싶던 나는 우선 이틀 정도 고민했다(사실 한번은 튕겨보기도 했다). 지금껏 사무와 상담 업무를 한번도 해본 적이 없다는 점이 마음에 걸렸다. 하지만 잘해보고 싶다는 의욕이 충만했다. 결국 나는 합류를 결정했고, 그렇게 띵동에서 청소년 성소수자들의 인권을 위한 활동을 시작하게 되었다.

'인권 활동가'로 불리다

　처음에는 막연한 두려움이 있었다. 내가 봐온 인권 활동가들은 사람들 앞에서 마이크를 잡고 발언하는 일뿐 아니라 컴퓨터도 잘하고 회계나 각종 행정 업무도 능숙한 다재다능한 사람들이었기 때문이다. 특히 사무 업무에 자신이 없었던 나는 여러모로 압박감과 긴장을 안고 일을 시작했다. 배워야 할 것이 많았다. 단체 설립 초기라 회의 안건도 무척 많았다. 청소년 복지 영역의 용어가 익숙지 않았던 나는 회의시간이 늘 고역이었다. 분위기 깨는건 싫으니 대충 아는 척하거나 이해한 척 연기를 한 뒤 수첩에 모르는 내용을 적거나 따로 표시해 회의가 끝나면 띵동의 똑부러지는 동료 인섭 님에게 쪼르르 달려갔다. 그러면 인섭 님은 인자하게도 '에디, 이 안건은 이런 의미였고 회의 때 이렇게 하기로 결정했어요. 그러니 에디는 이렇게 하면 돼요. 혹시 헷갈리면 물어봐요'라며 친절히 알려주었다. 오오, 그때만큼은 인섭이 세상에서 제일 똑똑한 사람 같았다. 이 천재 활동가는 어떻게 회의 내용을 듣기만 해도 전부 기억하며, 내가 물어보면 조목조목 대답까지 해주는지! 아기 새가 어미 새를 바라보듯 회의시간에 내 눈은 인섭에게 향해 있었다. 나를 도와준 동료는 인섭 님만이 아니었다. 띵동의 모든 동료들이 내가 하나하나 배우고 이해할 때까지 기다려주었다. 때로는 동료들에게 미안함이 컸지만 그만큼 열심히 배우려고 노력했다. 청소년을 위한 사회복지 분야 용어들을 익혔고, 사무국 회의 내용을 녹음한 후 다시 정리하면서 모르는 단어를 찾아가며 공부했다. 그러다보니 다른 사람들은 30분 만에 할 수 있는 일을 나는 두세시간 걸려 처리했지만 전부 적응하는 과정이라 생각했다.

나는 일을 얼마나 모르고, 또 못했던가. 이런 일도 있었다. 하루는 회의록을 예쁘게 만들고 싶었다. 무미건조한 회의록 양식이 눈에 거슬렸던 거다. 그래서 무료로 받은 부산바다체로 글꼴을 바꾸고 텍스트를 가운데정렬로 가지런히 배치했다. 음, 내 눈엔 예쁘다. 하지만 내가 완성한 회의록을 받아든 동료들의 눈빛은 위태롭게 흔들린다. 그리고 바다처럼 넓은 마음으로, 안타까운 눈빛으로 나를 가만히 바라보는 게 느껴진다. 내가 정말로 아는 게 하나도 없다는 걸 새삼 깨닫는 동료들. 나는 띵동에서 한 사람의 일꾼으로 양육당해야만 했다. 동료들은 물가에 내놓은 자식처럼 나를 바라보며, 너그러운 부모의 마음으로 하나하나 나에게 '업무'라는 것을 가르쳐주었다. 여러 아르바이트나 계약직 일을 했지만, 그때껏 내가 한 일은 할당된 업무량이나 달성해야 할 목표, 시간 관리 측면에서 비교적 자유로운 편이었다. 그런데 띵동에서는 늘 고정된 일정과 업무 절차가 있었다. 예전엔 그때그때 하라는 일을 처리해야 했다면,

띵동에서는 스스로 사업을 계획하고, 진행하고, 그 결과를 정리해야 했다. 나는 이 모든 과정이 게임의 공략을 따라가는 일과 비슷하다고 생각했다. 시간을 엄수하고 절차를 따르며 일을 진행시키고, 목표에 다가가고, 남들이 보기 편하게 서류를 정리하고, 그리고 이 모든 과정의 시작과 끝을 내가 담당하고. 자연히 책임감이 생겼다. 사회에 소속되어 내 역할을 수행한다는 느낌이 들었다. 돌이켜보면 띵동은 나의 일터이자, 나를 진정한 사회인으로 교육해준 고마운 곳이기도 하다. 내가 다른 청소년들에게 준 도움보다 띵동에서 내가 받은 도움이 더 많을지도 모른다. 띵동의 보살핌을 받은 또다른 존재가 나, 박에디 아니었을까 싶을 정도로.

띵동에서 일할 때 청소년 성소수자와 직접 만나는 일이 잦았다. 도움이 필요한 이들이다보니 대화를 하고 이야기를 들어주어야 하는 경우도 많았다. '위기지원센터'이긴 하지만 위기상황이 아닌 청소년 성소수자도 누구나 띵동을 방문해 일상의 크고 작은 고민을 이야기할 수 있었다. 편한 마음으로 띵동에 놀러 오는 청소년도 제법 있었다. 같이 웃고 떠들며 게임을 하거나 무언가를 같이 하는 것만으로도 청소년들이 힘을 얻고 있음이 느껴졌다. 그래서였는지 처음에는 청소년들과 대화하는 일이 업무가 아니라 노는 것 같기도 했다. 그저 '수다'라고 생각하고, 적당히 즐기면서 편히 일을 대했던 탓이다. 나는 띵동 사무국 활동가라는 정체성도 있었지만 그저 누구나 쉽게 다가올 수 있는 비청소년 성소수자가 되고 싶었던 것 같다. 친근함과 재미를 주기 위해 성소수자들만의 은어나 다듬어지지 않은 용어를 마구 쓰기도 했는데, 그런 용어에 녹아 있는 차별적 의미를 미처 생각하지 못한 채였다. 여성으로 보이길 원해서 방법을 알려고 하는 청소년에게 "너는 충분히 여성스러워"라고 말해주는 게 얼마나 공허한지 모르고 그저 위로라 생각하기도 했다. 이런 점들 때문에 이따금 동료들에게 혼나기도 했다. 청소년에게 건네는 말인 만큼 성소수자 커뮤니티 내의 편견이 그대로 담긴 표현들을 써서는 안 된다고 했다. 때로는 말보다 침묵이 더 소중하며, 내가 앞장서 말하는 것보단 청소년들의 이야기를 충분히 들어주는 게 우선이라고 했다. 나는 그 '듣는 일'만으로도 많은 힘이 든다는 것을 알게 됐다. 매일 새로운 이야기를 들으려면 이미 들은 아픈 이야기들을 잘 소화하는 것도 필요했다. 그러지 않으면 내 안에 그 이야기들과 그것이 주는 트라우마가 쌓일 수밖에 없었다.

청소년 성소수자가 겪는 일이 과거에 내가 겪은 일일 때, 혹은 앞으로 그 사람에게 벌어질 힘든 일들이 내 경험상 훤히 보일 때, 당장 해줄 수 있는 지원이 아예 없거나 한정되어 있을 때, 그 앞에서 위로와 경청 말고는 아무것도 할 수 없다는 사실에 좌절을 경험하기도 했다. 시간 저편에 감춰뒀던 과거의 아픈 경험들이 떠오르는 일도 생겼다. 결국 띵동 업무는 남을 돌보며 내 마음도 돌보고, 그 과정에서 내가 한 일을 다시 돌아보는 경험이기도 했다. 타인을 대면하는 일은 결국 나 스스로를 애써 피하지 않고 마주하는 경험이었다. 예전에는 나의 현실을 부정하거나 회피했다면, 이제는 똑바로 대면할 차례였다. 물론 어려움을 터놓는 데에도 여러 자원이 필요했다. 여기서 청소년 성소수자 이슈에 공감하는 청소년 기관 선생님들을 만나며 배운 게 많았다. 그분들은 비성소수자였지만 청소년 교육 방면에 전문성이 있는 분들이었고, 비청소년이 청소년과 어떻게 관계를 맺을지 내가 방향을 잡을 수 있도록 조언해주었다. 특히 띵동이라는 기관의 중요성을 깊이 이해하는 분들이었기에, 다양성을 가진 이들과 교감하는 방법을 함께 고민하며 제안해주었다.

띵동 후원자들과 소통한 경험은 즐거운 기억으로 남아 있다. 후원자에겐 직접 전화로 감사 인사를 전하곤 하는데, 매번 자기 일처럼 띵동의 존재에 고마워하며 화답해주는 분들이 많았다. 특히 아는 분과 전화 연결이 되면 후원 업무 전화인지 동네 친구와 하는 통화인지 분간이 가지 않을 정도로 수다스런 대화를 나눴다. "어우~ 선생님, 정말 너무~ 좋다. 전화를 끊고 싶지 않아요!" 반가운 마음에 평소 감춰둔 끼를 전화선에 태워 폭발시키고 수화기를 내려놓은 뒤엔 '내가 너무 끼 떨었나' 싶은 뜨거운 후회가 남기도 했다. 하지만 늘 기분 좋은 에너지를 충전해주는 대화였다. 자발적으로 후원을 하고 싶다며, 필요한 물품이 있는지 전화로 물어보는 마음들부터 손수 만든 김치와 식재료를 보내주는 아름다운 마음들로, 풍족하진 않아도 늘 풍성한 띵동이었다. 청소년 성소수자부터 비청소년 성소수자, 그리고 비성소수자 앨라이까지 저마다 종횡무진 많은 사람과 소통하던 띵동, 이곳이 바로 인권 활동가 에디의 출발점이었다.

네모난 에디에서
동그란 에디로

호르몬 치료가 우울증을 유발한다고?

띵동뿐 아니라 트랜스젠더 인권단체 설립 준비위원, 트랜스젠더 인권단체 조각보 활동가 등 여러 활동을 하면서 종종 인권 교육을 받을 기회가 생겼다. 그때마다 '나 정도면 좋은 사람'이라는 생각이 산산조각 나는 경험을 했다. 워낙 사람들 만나는 일을 좋아하고, 기대하는 편이라 '이렇게 사교적인 나라면 친구 감으로도 괜찮지 않을까?' 싶은 오만한 생각에 빠졌던 것도 사실이다. 하지만 인권 교육을 받을 때마다 과거의 내 모나고 뒤틀린 면들과 마주하게 됐다. 자기고백을 하자면 다음과 같다.

첫째, 나도 처음부터 인권 감수성이 풍부하진 않았다. 나는 정상가족 이데올로기를 잘 흡수한 일종의 부역자였다. 트랜스젠더가 사회에서 인정받으려면 가족의 양해를 구해야 한다고 생각했었다. 트랜스젠더로 살아가려면 그렇게 사회적 배려를 받는 방법밖엔 없으며, 튀는 존재인 만큼 사회에 폐를 끼쳐선 안 된다고 생각했다. 또 배려를 받는 만큼 트랜스젠더 당사자 또한 가족을 잘 지켜야 하고, 부모님 뜻을 거스르지 말아야 한다고도 생각했다. 지금 생각해보면 '트랜스젠더로서 주체적으로 살기'와 '(퀴어한 삶을 반대하는) 부모님 뜻을 거스르지 않기'라는 목표는 완전히 모순되는데 말이다. 하지만 교육 현장에서 다양한 가족 경험을 가진 트랜스젠더 당사자들과 만나 서로의 경험을 공유하다보니, 트랜스젠더로 행복하게 잘 살기 위해서 꼭 가족, 특히 부모님의 승인이 필요한 건 아니라는 생각이 들었다. 나부터 견고한 가족주의에서 벗어날 필요가 있었다.

둘째, 내가 나의 존재를 혐오했다. "내가 많이 티 나는 편이야?" "내 목소리 괜찮아?" "나 옷 입는 거 이상하지 않아?" "나 멀리서 보면 어때?" 한때 주변 사람들에게 이런 질문을 정말 많이 했었다. 이태원이나 종로 거리를 걷다가 트랜스젠더로 보이는 이를 만나면 지인들이 그 사람을 향해 "성형에 미쳐서 얼굴 다 무너지는 것도 모르나보네. 왜 저렇게 살지"라는 식의 험담을 던지는 것도 많이 들었다. 어떤 게이 오빠는 내게 "너는 저렇게 살지 마라. 정상적이고 평범하게 살아야지"라며 "여자애는 조신해야 이쁨받는다. (트랜스)젠더인 거 티 내지 마라"라고 말하기도 했다. 조언을 가장한 혐오 폭격이었다. 내 주변엔 신데렐라에게 마법을 걸어주는 요정 할머니처럼, 나의 외모에 주문을 거는 이들이 많았다. "에디는 트랜스젠더 업소 안 다니고 열심히 아르바이트하며 건전하게 돈 번다" "트랜스젠더라고 남한테 폐 끼치며 살지 마라"라며 트랜스젠더로서 행실을 바르게 하라는 잔소리를 듣기도 했다. 나는 성소수자 커뮤니티 안에서도 너무나 많은 혐오의 말을 들었고, 그 말들을 내면화했다. 세상이 너희는 혐오스런 존재라고 지속적으로 가스라이팅을 했기 때문일까. 트랜스젠더 커뮤니티 안의 자기혐오도 상당한 수준이었다.

예전에 아는 트랜스젠더 언니들과 러버 오빠들이 술을 사준다고 해서 트랜스젠더 바에 놀러간 적이 있었다. 그때 자리에서 이런 이야기가 오갔다.

언니1 한국은 트랜스젠더들이 살기엔 너무 힘들어. 특히 트랜스 여성이 살기에는.

오빠1 아무 일도 안 하고 남자들 등골이나 빼먹으려고 하니까 그렇지. 공주처럼 치장이나 하고 말이야.

언니2 그건 그래. 호르몬 치료 하다보면 정상적인 사

고를 하기가 어려워지거든. 그래서 나조차도 호르몬 주
사 오래 맞은 나이 많은 트랜스젠더를 보면 꺼려져.

오빠1 너희도 그래? 그래서 트랜스젠더들은 100년이
지나도 하찮은 대우를 받을 수밖에 없는 거야.

이렇게 심한 험담을 할 수가 있다니. 면전에서 하는 이런
혐오 발언들을 듣고 있자니 충격이 컸다. 그런데 더 슬펐던 건
이 말을 들은 언니들이 오빠들에게 욕을 하면서도 "뭐, 트랜스
젠더들은 그런 경향이 있지, 우울하게 살 수밖에 없어"라고 수
긍해버렸다는 점이었다. 당시에 나는 인권 활동가로 일하면서
퀴어들의 삶을 다룬 다양한 외신 기사를 접하고 있었다. 덕분
에 세상에 멋지고 당당한 트랜스젠더들이 많다는 것을 알고 있
었다. 그래서 곧바로 단호하게 "그런 말은 틀렸어. 멋지게 사는
트랜스젠더들이 얼마나 많은데!"라고 항변했지만, 한국에서 실
제로 멋지게 살고 있는 트랜스젠더의 사례를 떠올리긴 어려웠
다. 하리수 씨 외엔 다른 삶의 사례가 보이지 않았다. 대화를 하
면 할수록 힘이 빠지고 공허해지는 기분이었다. 나는 아무도
설득하지 못한 채, 어쩔 수 없이 터덜터덜 집으로 돌아왔다. 집
에 와서 생각해보니 트랜스젠더에게 행복을 허용하지 않는 사
회에 대한 분노가 더 크게 일었다. 예전에 어떤 게이 친구가 내
게 했던 말도 생각났다. "에디, 호르몬 하지 마. 뇌에 악영향을

줘서 우울증에 걸리게 한다잖아. 그래서 트랜스젠더들이 자살도 많이 하는 거래." 나를 걱정하듯, 신경 써주듯 건넨 말이었지만 곱씹을수록 이상한 말이었다. 트랜스젠더의 우울증 문제를 호르몬의 부작용으로만 치부하다니. 사실은 트랜스젠더를 혐오하는 세상이 더 문제인 것 아닌가? 세상에 대고 먼저 혐오를 멈추라고 외쳐야 하는 게 맞지 않나?

하지만 트랜스젠더 당사자들과 함께 있을 때도 호르몬과 정신질환을 연관짓는 자기혐오의 말을 쉽게 들을 수 있었다. 그런 말을 계속 듣다보니 마침내 내 머릿속에도 '정말 호르몬이 뇌에 부정적인 영향을 주나?'라는 생각이 떠올랐다. 그 순간 나 역시 일종의 함정에 빠졌다는 자각이 들었다. 내면에 갈등을 일으키는 이 중대한 문제를 해소하고 싶었다. 마침 트랜스젠더 커뮤니티에 올라온 홍보 글 하나를 봤다. 한국성적소수자문화인권센터(KSCRC, Korean Sexual-Minority Culture and Rights Center)라는 단체에서 트랜스젠더 인권단체를 만들기 위해 설립 준비 멤버를 모집하고 교육한다는 글이었다. '조각보'라는 예쁜 이름의 단체였다. 트랜스젠더 등 다양한 성별정체성을 가진 존재들이 각자의 색깔을 갖되 함께 조각보처럼 어우러지는 삶의 모습을 한국 사회에 펼치겠다는 포부를 담은 이름이 마음에 들었다. 가입을 위한 자격 조건은 간단했다. 사람 간의 소통, 트랜스젠더 인권에 관심이 많은 사람일 것. 나 같은 트랜스젠더 당사자라면 아무 문제가 없겠구나 싶었다. 나의 존재가 곧 자격이었다.

반드시 그런 법은 없다

"웃을 땐 손으로 입을 가려라."
"옷 입을 땐 가슴을 꼭 모아라."
"걸을 땐 다리를 이런 자세로 해봐."

트랜스젠더 지인들을 만날 때면 늘 이런 평가와 지도의 말을 들었다. 나를 생각해서 해준 조언들이었지만 외모 평가가 내겐 늘 부담이었다. 계속 듣다보니 그런 평가가 당연하게 느껴지기도 했다. 트랜스젠더 커뮤니티에서는 늘 논란이 되는 화제들이 있었다. 그중 하나가 '진짜와 가짜 트랜스젠더'를 분간하는 문제였다. 이건 커뮤니티 안의 규범과도 직결되는 문제였다. 선천적인 외부 성기를 100퍼센트 부정할 수 있어야 하고, 무조건 성확정수술을 원해야 하며, 스스로 생각하는 자기 성별과 정반대의 성별을 반드시 사랑해야지만 '진짜 트랜스젠더'일 수 있었다. 예컨대 자신이 여성이라 생각하는 진짜 트랜스젠더라면, 외부 성기를 제거하고 싶은 욕망에 반드시 시달려야 하고, 외부 성기로 성적 유희를 즐겨서는 절대 안 되며, 반드시 남성만을 사랑해야 하는 것이다. 트랜스젠더 여성으로서 다른 여성을 사랑하는 동성애는 트랜스젠더 커뮤니티 안에서는 금기였다. 규범에 벗어나는 욕망과 사례는 배제되었으며 가짜로 낙인찍히는 지름길이었다. 트랜스젠더 커뮤니티 안에서도 이런 규범이 확고하다보니, 다른 욕망을 품거나 다른 태도를 보이면 부자연스러운 존재가 되었다. 나 또한 커뮤니티의 내부 규범에 또다시 내 몸을 맞추는 편이 더 낫다고 생각했다. 트랜스젠더 당사자이지만 사회적으로 트랜스젠더라고 불리거나 낙인찍혀선 안 되고, '완벽한 여성'으로 보이도록 해서 아무도 내가 트랜스젠더인 걸 모르게 하라는 것이 일종의 커뮤니티 분위기이자 문화였다.

그래서 조각보에 가입 신청서를 제출하고 첫 미팅에 간 날, 나는 난생처음 접하는 이야기를 많이 들었다. 우선 트랜스젠더 커뮤니티 내에서 규범상 '트랜지션은 필수'였다. 하지만 조각보에선 '트랜지션은 반드시 해야 하는 과업이 아니라 개인의 자유'라는 이야기를 들었다. 다음으로, 커뮤니티의 규범상 '트랜스젠더는 반드시 헤테로섹슈얼'이어야 했다. 하지만 "트랜스젠더는 다 이성애자이지 않나요?"라는 나의 당당한 질문에, 내가 앉아 있던 테이블 맞은편 커플이 눈을 빛냈다. 두 사람은 자신들이 바로 트랜스젠더이면서 동성애자인 커플이라고 했다. 어떻게 보면 두 사람으로선 자신들의 존재를 무시하는 내 발언에 화를 낼 법도 한 상황이었다. 하지만 그 두분을 비롯해 활동가 선생님들은 차근차근 하나부터 열까지 나에게 '반드시 그런 법은 없다' '꼭 그러지 않아도 된다'고 가르쳐주었다. 내가 악의 없이 차별적이고 무지한 발언을 하면 우선 왜 그렇게 생각하는지 물어봐주고, 내 생각이 왜 틀렸는지 설명해주었다. 그 설명이 정말 다정하고 친절했기에, 들으면 들을수록 나는 부끄러워지는 기분이었다. 당시에 내가 한 말을 떠올려보자.

> "트랜스젠더 여성으로 완벽하게 받아들여져서, 좋은 남자 만나서 남들 눈에 띄지 않게 잘 살면 되는 거 아니에요?"
> "겉모습이 완전히 여성이나 남성으로 보이는 사람들만 커밍아웃을 하는 게 성소수자 집단의 이미지를 위해서도, 대표성을 위해서도 좋은 거 아니에요?"

지금 생각하면 너무 부끄러운 말이다. 그때 나는 주류인 비성소수자 사회에 성소수자들이 맞춰 살아가야 한다는 생각에 강하게 사로잡혀 있었다. 주변 트랜스젠더 언니들이 입버릇처럼 말하곤 했듯이, '수술 완벽하게 해서 시집 잘 가고 이름 바꿔서 조용히 사는 게 최고'라는 생각도 했다. 이밖에도 내가 던진 악의 없는 질문이 여럿 생각난다. 너무 차별적이고 혐오 발언에 가까워서 여기에 다 밝히기도 부끄럽다. 내가 그런 말을 내뱉을 때마다 주변 활동가들이 상처받는 모습이 눈에 보였다. 그때마다 나는 다시 내 생각을 복기해보고, 반성하고, 직접 가서 사과했다. 아직도 내가 했던 혐오 발언을 떠올리면 당시 타깃이 됐던 이들에게 미안한 감정이 든다. 그때 나를 지켜본 동료 활동가들이 내 생각을 교정해주고, 내 자존을 지키는 데 도움이 되는 말을 해주지 않았더라면 지금쯤 나는 얼마나 끔찍한 괴물이 되어 있을까. 내가 이런 변화의 과정을 겪었기 때문일까? 나는 외부에서 트랜스젠더들이 자기 자신에게 겨누는, 악의 없으면서도 자기증오에 기반한 혐오 발언을 들을 때 무조건 화부터 나진 않는다. 나도 전적이 있기에 화낼 수 없다.

소수자라고 해서 꼭 피해자인 것이 아니라, 얼마든지 다른 소수자에게 가해자가 될 수 있다는 점을 깨달은 것도 중요한 변화였다. 조각보에서는 성소수자들뿐 아니라 장애인, 노인, 어린이 등 다른 사회적 약자들과 만나거나 그 존재에 대해 생각해볼 기회가 많았다. 트랜스젠더만 힘든 것이 아니라, 대중교통을 편하게 이용할 수 없는 장애인, 충분한 돌봄 서비스를 받지 못하는 노인이나 어린이도 이 사회에서 힘겹게 살아가는 소수자들이라는 걸 깨닫자 모종의 연결감이 느껴졌다. 장애인 이동권 보장을 외치는 장애 인권단체 활동가들을 만나며, 미등록 이주민들의 사연을 접하며, 그리고 성폭력 피해 여성들의 증언을 들으며 세상 사람들이 저마다 겪고 있는 차별과 혐오의 모양이 다 다르다는 걸 알았다. 우리 사회에는 나보다 더 심한 차별과 혐오에 괴로워하는 이가 많다는 것도 깨달았다. 다른 영역의 소수자분들을 만나면 내가 얼마나 혐오에 가득 찬 사람이었는지 투명한 거울을 보듯 깨닫게 되었을 뿐 아니라 빈부에 따른 차별, 연령 차별, 계급 차별 등 세상엔 정말 다양한 형태의 차별이 존재함을 알게 됐다. 다행히 그간 사회적 소수자로서 내가 겪은 어려움 덕분에 그들이 처한 상황을 100퍼센트는 아니어도 어느정도 헤아릴 수 있었다. 자연히 나의 인권 감수성과 사회적 소수자 전반에 대한 이해도는 높아져갔다.

언니의 자유를 위하여

트랜스젠더 인권단체 조각보의 이름으로 시위를 하고 트랜스젠더 당사자로서 거리에 나서야 했던 날이었다. 서울시청 근처에서 성별정정이 되지 않는 트랜스젠더 당사자의 어려움에 대한 이야기를 하고 수술 없이도 주민등록번호 정정이 가능해져야 한다는 내용의 발언을 한 뒤 집으로 돌아왔다. 마침 친하게 지내던 트랜스젠더 미영(가명) 언니가 놀러와 그날 내가 한 활동에 대해 얘기를 했다. 나는 당연히 언니가 내 발언에 동조해줄 거라고 생각했다. 하지만 언니는 의외의 반응을 보였다. 언니는 수술하지 않고 성별정정을 할 수 있다면 사회가 혼란스러워질 수 있지 않겠느냐는 걱정을 털어놓으며 부정적인 의견을 내비쳤다. 사회에 미안한 일은 트랜스젠더들이 알아서 안 하는 게 좋지 않겠느냐는 뜻이었다.

　조각보에서 인권 교육을 받지 않았더라면 나도 쉽게 언니의 생각에 수긍했을 것이다. 트랜스젠더 커뮤니티 안에서는 소수자인 만큼 사회에 폐를 끼치지 않고 눈에 띄지 않게 살아야 하며, 누군가 이를 어길 경우 커뮤니티 전체가 연대 책임을 느껴야 한다는 이상한 죄책감이 팽배한 분위기였기 때문이다. 언니는 무조건 빨리 수술을 해서 사회가 요구하는 성별정정 자격 요건에 맞추는 게 낫다는 입장이었다. "수술하는 건 아프고 힘들잖아. 그리고 비용도 많이 들고. 또 건강 문제로 그걸 다 감당하지 못하는 사람도 있을 수 있어." 나의 반박에 언니는 힘없이 말했다. "그래도 어쩔 수 없어. 그냥 해야지." 평소 같았다면 나도 여기서 적당히 대화를 멈췄을 것이다. 하지만 나는 한마디를 더 보탰다. "있잖아, 언니. 남들이 다 당연하다고 하는 게 당연하지 않을 수 있어. 우리가 원해서 소수자가 된 게 아닌데 왜 사회의 요구에 맞춰서 꼭 수술을 해야 해? 사회가 틀릴 수도 있는 거야." 더 말을 잇지 못하는 언니에게 수술은 선택이고, 원할 때 하는 것이라는 말을 해주고 싶었다. 무엇보다 나는 이런 말을 전하고 싶었다. 사회가 강요하는 규범에서 벗어나도 된다고. 그게 언니의 고유한 자유라고.

내 주변의 트랜스젠더 언니들은 사실 어떻게든 사회에 녹아들어 열심히 살려고 하는 사람들이다. 그러다보니 책임감이 많고 자신이 속한 사회에서 제 몫을 해내야 한다고 믿는다. 있는 힘껏 노력을 해서 평범한 삶을 얻고자 애쓰는 사람들인 거다. 이 사람들에겐 '온전한 나로 살기 위해선 사회가 내게 강요하는 것을 의심하고 거부할 줄 알아야 한다'는 생각이 낯설 수밖에 없다. 나 따위 트랜스젠더가 감히 사회에 피해를 주어선 안 된다는 생각이 먼저이기 때문이다. 물론 언니들은 트랜스젠더 인권운동을 하는 나를 언제나 지지해주고 아껴주었다. 하지만 가끔씩 이렇게 생각이 부딪칠 때마다 내가 애정하는 사람들, 심지어 트랜스젠더 당사자들에게조차 인권을 말한다는 건 정말 어려운 일이라는 고민에 휩싸였다.

화장실 논쟁: 나를 아프게 한 언니들의 자기혐오

한번은 언니들과 이야기를 하다가 화장실 문제가 화제에 올랐다. "외부 성기 수술을 하지 않은 트랜스 여성이 화장실을 이용하면 비트랜스 여성들이 불안을 호소하는 경우가 많잖아. 사람들이 무섭다는데 우리가 여자 화장실을 이용하겠다고 주장하는 건 우리의 억지고 과욕이 아닐까." A언니 말대로라면 트랜스젠더인 나는 그 자체로 사회에 불안을 일으키는 존재나 다름없었다. "트랜지션도 안 한 트랜스 여성이 여자 화장실 이용하다가 CCTV에 걸린 영상을 보면 우리 트랜스젠더들 전체를 욕보인 것처럼 내가 다 부끄럽더라고. 그냥 좀 불편해도 집에서 일 보고 나오면 안 되나?" 언니들 이야기를 듣다보니 점점 화가 나면서도 걷잡을 수 없이 슬퍼졌다. 트랜스 여성 또한 성범죄의 피해자가 될 수 있는데, 트랜스젠더를 변태 또는 비정상적인 존재라 여기는 사회의 시선을 그대로 받아들여 쉽게 자기혐오의 길로 빠지는 언니들의 모습이 내 마음을 아프게 했기 때문이다.

　무엇보다 슬펐던 건 언니들 모두 화장실 문제로 고통받는 당사자들이었다는 점이다. B언니는 성별에 따라 화장실이 구분되어 있는 KTX 같은 대중교통 안에서 화장실을 이용할 엄두를 내지 못한다고 했다. 그래서 먼 거리를 가도, 돈이 많이 들어도 택시만 탄다고 했다. C언니는 외출할 때면 화장실에 가게 될까봐 물이나 음료를 전혀 마시지 않는다고 했다. 비교적 화장실 이용이 편한 카페와 식당을 정해놓고 아무리 지겨워도 그곳만 단골로 다니는 언니도 있었다. 언니들의 이런저런 화장실 이용

경험담을 듣다보니 나의 경험도 돌아보지 않을 수 없었다.

트랜지션을 막 시작했을 때였다. 이전까진 '여성스러운 남성'이었다면 트랜지션 후 외모에 변화가 생기기 시작하자 사람들이 "남자예요, 아니면 여자예요?"라고 묻는 혼란스러운 존재가 되었다. 자연히 외출할 때마다 화장실을 이용하기도 어려워졌다. 이전까진 편하게 남자 화장실을 이용했다면, 이제는 남자 화장실도 여자 화장실도 이용하기가 어려웠다. 친구들과 만날 때마다 꼭 남녀 공용 화장실이 있는 카페에서 만났다. 지하철을 타고 이용해야 할 때는 외진 곳에 있어서 사람들의 화장실 이용이 드문 역을 미리 외워두었다. 홍대입구역 2호선 라인에 있는 화장실을 가지 않고 일부러 공항철도 라인 맨 끝에 있는, 사람들이 좀처럼 찾지 않는 화장실의 위치를 미리 익혀둬 그곳까지 찾아가는 식이었다. 그러다보니 외출했을 때 내게 가장 편한 화장실은 이태원 게이 클럽 주변에 있던, 예비용 휴지가 잔뜩 쌓여 있던 한칸짜리 비좁은 화장실이었다.

언니들도 비슷한 경험을 했으리란 건 굳이 캐묻지 않아도 알 수 있었다. 그런데도 화 한번 내지 않고 눈치를 보면서 이 불편한 화장실 시스템을 참아내는 언니들. 생존을 위해 자기혐오를 체화한 언니들. 나는 흥분해서 우리도 자유롭게 사용할 수 있는 '모두를 위한 화장실'을 설치해야 한다고 주장했지만 언니들은 대수롭지 않게 듣는 듯했다. "그게 되겠냐."

누구보다도 화장실에 대해선 괴로운 경험이 많을 언니들이 자기혐오에서 벗어나게 할 방법은 뭘까. 모두를 위한 화장실을 당신들도 가질 수 있고, 그곳에서 '안전할 권리'를 가져야만 한다고 설득할 방법은 없을까. 막막한 벽에 부딪힐 때마다 나는 좀더 열심히 선택하며 살자고 다짐한다. 맞출 수 없는 주류의 규범을 강요하는 사회로부터 해방되어 좀더 자유롭게 사는 모습을 계속 보여주면 언니들도 언젠가는 이해하지 않을까. 그날을 기다리며 나는 언니들의 불평불만에 늘 귀 기울이고 있다. 당장 문제를 해결할 수 없다면 일단 귀를 열고 최대한 다양한 이야기를 듣자는 것. 성소수자인 나조차 다른 성소수자들의 삶과 사고를 100퍼센트 이해할 수는 없으며 이 불가능성을 인정해야 새로운 이야기가 시작된다는 것. 이것이 내가 띵동과 조각보에서 인권운동을 하며 얻은 교훈이다. 시간이 흐르면 언니들도 사회로부터, 자기혐오로부터 조금은 자유로워질 수 있으리라 믿으며.

이제 나는 더 많은 사람을 만나고 싶다. 다양한 문제를 겪고 있는 소수자들과 그들을 억압하는 문화의 피해자들이 세상엔 참 많다는 것을 여러 활동을 하며 깨달았다. 그들에게 완벽한 친구가 되어줄 자신은 없다. 아마 실수하는 친구가 될 가능성이 더 높을 것이다. 앵두 같은 내 입에서도 몽둥이 같은 소리가 나올 수 있는 법이니까. 하지만 적어도 나는 그 사람들을 아프게 하는 언어를 쓰지 않으면서 최대한 이해의 언어, 위안의 언어를 건네고 싶다. 그러기 위해서는 많은 이를 만나 다양한 이야기를 듣고, 경험해보는 게 중요하리라. 나 때문에 상처받는 사람은 없었으면 좋겠다. 내가 그들을 사랑하기 때문이다. 그리고 그들을 사랑할 수 있어야 나 자신도 사랑할 수 있기 때문이다. 트랜스젠더이자 기독교인으로서 나는 이 말을 가슴에 새기고 있다. "네 이웃을 너 자신과 같이 사랑하라."(「레위기」 19:18)

"(밑에) 수술은 하셨어요?"

수술 준비

트랜스젠더에 대한 강의나 대화를 처음 시작할 때 가장 많이 듣는 말은 "(밑에) 수술은 하셨어요?"다. 성별정정을 위해 외부 성기를 수술했느냐는 물음. 이런 걸 보면 비트랜스젠더들에게 외부 성기를 바꾸는 성확정수술은 대단히 큰 호기심거리인 것 같다. 또 성확정수술을 계획하고 있는 트랜스젠더들은 언제나 수술 후기에 목말라 있을 물음. 그래서 이 두 종류의 독자님들을 염두에 두고 이 글을 쓴다. 나는 궁금한 게 많은 사람들에게 언제나 100퍼센트 만족을 안겨주곤 하니까.

2012년 즈음, 그 어떤 방법으로도 내 몸을 긍정할 수 없음을 깨달았다. 처음 의료적 트랜지션을 결심하고 호르몬 치료에 돌입한 계기다. 동시에 언젠가는 성확정수술을 해야겠다고 생각했다. 그로부터 9년 뒤인 2021년 11월, 드디어 나는 수술을 결심하게 됐다. 수술을 하기까지 이렇게 시간이 오래 걸린 이유가 있다. 우선 수술 후 발생할지도 모를 부작용이 두려웠다. 내겐 호르몬 치료를 함께 시작한 '호르몬 동기' 앨리(가명)가 있다. 나와 앨리는 서른살이 되면 같이 성확정수술을 받기로 약속했었다. 하지만 나는 시간적·금전적으로 여유가 없어 번번이 수술할 기회를 놓쳤고 앨리는 계획대로 수술을 진행했다. 그리고 얼마 뒤, 앨리는 수술 후 엄청난 부작용에 시달리고 있다고 했다. 수술 부위에 문제가 생겨 염증을 달고 산다는 거였다. 신체적 고통에 시달리지만 견디려고 애쓰는 앨리를 보며, 만약 내가 저런 고통을 겪는다면 앨리처럼 스스로 감당해낼 수 있을지 의심이 들었다. 수술 후 몸의 고통에 시달린다면 과연 내가 기대했던 만큼 행복할 수 있을지 알 수 없다는 생각도 들었다. 아무래도 수술을 왜 원하는지, 수술 후 내 삶이 어떻게 흘러갈지 등 현실적인 고민을 좀더 해봐야 할 것 같았다. 수술과 나의 삶, 이 두가지를 한데 엮어 더 큰 그림을 그려볼 필요가 있었다.

　　고민 끝에 서른여섯살이 되던 해, 드디어 성확정수술을 받기로 결심했다. 사실 수술 후 인생이 극적으로 '행복'하게 변할 거란 기대를 갖기엔 그동안 주변에서 보고 들은 사례가 너무 많았다. 하지만 여성임을 당연하게 인정받고 싶었다. 일상에서 각종 계약을 하거나 취업을 할 때, 통장을 개설하거나 투표소에서 선거권을 행사할 때, 신분증을 내미는 순간마다 느끼는 긴장감 그리고 지긋지긋한 디스포리아에서 탈출하고 싶었다. 내가 나를 괴롭히거나 나와 싸우는 일을 멈출 수 있다면, 그것만으로 좋겠다고 생각했다.

마음을 모아준 사람들

성확정수술을 결심하고 나니 준비해야 할 것이 많았다. 우선 수술을 위한 비용을 마련해야 했다. 의외로 상황이 쉽게 풀렸다. 술자리에서 우연히 나온 이야기 덕분이었다. 해외에 거주하는 어느 트랜스젠더가 친구들이 모금해준 돈으로 성확정수술을 받았다는 이야기였다. 간혹 해외에는 지인들이 트랜지션 비용을 모금해주는 문화도 있다고 했다. 나는 장난스럽게 투덜거렸다. "흥. 외국 젠더는 친구들이 수술하라고 도와주는데 한국 젠더는 도움받을 데가 없네!" 그랬더니 갑자기 친구들 표정이 진지해졌다. 드래그 아티스트인 친구 히지가 총대를 메겠다고 했다. 실행은 자신의 생일에 하겠다고 선포하더니 히지는 정말로 2021년 7월 3일, 자기 생일에 공개적으로 수술비 모금을 진행했다. 그때 히지가 페이스북에 올린 글의 내용은 이렇다.

제가 서른한번째 생일을 맞아 올해는 제가 받을 생일 선물이나 축하를 대신해 여러분께 부탁을 하나 드리고자 해요. 전국을 뛰어다니며 언제나 열심히 일하는 퀴어 인권 활동가이자 제 친구인 박에디의 성확정수술비 모금에 힘을 보태주실 수 있는 분들께서는 도움을 나눠주셨으면 해요.

에디는 정말 수많은 단체와 프로젝트에 도움을 주어왔는데요, 그중에서도 특히 청소년 성소수자 위기지원센터 '띵동'을 위해서는 설립 준비 단계부터 지금까지 함께해주고 있어요. 이뿐만 아니라 트랜스젠더 인권단체 설립의 준비를 도왔고, 서울퀴어문화축제에서 사회를 보고 공연을 하기도 했고, 단체 일을 쉬는 동안에는 사비를 들여 '트랜스젠더와 성소수자들이 편히 찾아오고 쉴 수 있는 카페'를 운영하기도 했어요.

정치인들이 '나중에' 같은 소리나 하는 동안에, 이미 우리 주변엔 더 나은 세상이 오는 걸 기다리지 못하고 일찍 세상을 떠나버린 친구와 지인이 너무 많아요. 그래서 제 생일을 핑계이자 계기로 삼아서 바로 '지금' 도움의 손길을 내어주셨으면 해요. 에디는 연말 수술을 목표로 2000만 원가량의 대출을 받으려 하고 있어요. 에디는 일자리를 수없이 옮기며 쉬지 않고 일을 해왔고 동시에 많은 인권 단체 활동에 참여하고 있지만, 다들 아시다시피 한국 사회에서 트랜스젠더로 사는 게 힘들면 힘들었지 경제적으로 여유롭기는 어렵지. 퀴어 커뮤니티와 동료들, 친구들을 위해 너무 많은 큰일을 해주고 있는 에디인데, 그냥 '자기 자신으로 살기 위해서' 이런 수술비를 혼자 마련해야 한다는 사실에, 이 큰 짐을 혼자 짊어져야 한다는 사실에 옆에서 지켜보는 친구로서 마음이 무거워요.

저는 생일 선물도 많이 받아봤고 축하도 많이 받아봐서 더이상 바라는 건 별로 없어요. 에디의 수술비 마련에 힘을 보태주시면 제게 그보다 더 큰 선물은 없을 것 같아요. 이 게시글은 에디의 허락을 받고 작성했어요. 아래 펀딩 플랫폼을 통해 제게 기부금 또는 후원금을 보내주시면 에디에게 잘 전달하고, 에디와 함께 글을 작성해서 앞으로의 소식을 계속 업데이트하도록 할게요!

결과는 놀라웠다. 정말 빠르게 수술 비용이 모였다. 2개월쯤 걸렸나? 사람들이 펀딩 소식을 SNS에 공유하면서 붙인 메시지를 하나하나 읽어보았다. 따뜻한 응원과 지지의 말들, 그런 메시지들이 모두 내게는 소중한 편지 같았다. 넘을 수 없는 높은 벽이 가로놓여 있는데 어디선가 고마운 사람들이 나타나 내가 붙잡고 올라갈 밧줄을 내려준 것 같았다. 아니, 성확정수술이 뭐 그리 좋은 수술이라고 이렇게 도와주나(물론 내겐 좋다)! 그동안 트랜지션 비용은 당연히 '알아서' 마련해야 한다고 생각했었다. 하지만 예상치 못한 분들의 도움을 받으니 우선은 감사한 마음보다 당황스러움과 이 돈을 받아도 되나 싶은 조심스러움이 조금 더 컸다. 빚지고는 못 사는 성격 탓에 친구들에게 이런 부담감을 털어놓으니, 돌아온 대답은 이랬다. "지금 그런 생각을 할 때니? 감사합니다, 하고 수술과 회복에 전념하는 게 네가 할 일이야." 나는 한없는 고마움을 담아 펀딩에 참여해준 분들에게 보내는 편지를 썼다.

수술비 마련을 위해
힘을 보태주신 분들께

감사의 마음을 담아 보냅니다. 늘 의지가 되는 동생이자 친구 히지가 자신의 생일에 제 수술비 마련에 도움을 주고자 모금을 진행해주었습니다. 그 결과 예상 수술 비용의 3분의 1에 달하는 큰 금액이 모였습니다. 저는 성별정정에 필요한 의료 기록들과 서류들을 천천히 준비하며 그동안 살아온 제 삶을 돌아보는 시간을 갖고 있습니다. 수술 이후 성별정정이 된다면 일상 속 긴장감에서 어느 정도 벗어날 수 있지 않을까 싶어요. 앞으로 월세나 전세를 알아보다가 트랜스젠더라고 계약을 거부당하거나 이상한 사람 취급을 당하고 싶진 않다는 희망이 있습니다. 비트랜스젠더들에겐 별것 아닌 일이겠지만, 저는 그런 변화에 거는 기대가 참 큽니다. 혐오하는 사람들 때문에 상처받는 삶이었는데 이제는 사람들에게 사랑받는 삶을 살아가고 있습니다. 마음 보내주셔서 감사합니다. 더 많이 웃고 더 많이 경험하며 제 삶을 나누겠습니다.

어, 그리고…… 저는 수술 끝나면 가장 먼저 수영을 배우고 싶습니다. 친구 강현주가 한달 수강료 내준다고 했어요. 그밖에도 세분 정도가 더 수강료 내준다고 했고요. 이런 식으로 계속 등록을 연장하다간 수영하는 할머니가 될 수도 있겠어요. 이미 성공한 삶이네요. 모두 감사합니다.

에디 드림.

대체 얼마나 아플까?

　돈이 준비됐으니 그다음으로는 수술에 관한 구체적인 정보를 모아야 했다. 수술 절차와 방법에 대해서는 트랜스젠더 커뮤니티에 정리된 자료가 많았다. 내 초미의 관심사는 수술이 얼마나 아플지에 관한 것이었다. 고통의 정도를 짐작하며 상상의 날개를 펴는 것보다는 이미 수술을 경험한 언니들에게 물어보는 편이 좋을 듯해 휴대폰에 저장된 연락처를 뒤지기 시작했다. 그렇게 연락을 돌려 트랜스젠더 언니들 다섯 명의 경험담을 들을 수 있었다.

언니1　아니. 별로 안 아파. 딱 나흘만 죽었다고 생각하고 버텨.

언니2　정신 들자마자 '뭐야? 이게 다야?'라는 생각에 짜증이 나던데? 아픈 것보다 지루한 게 더 힘들어.

언니3　정신과의 싸움이야. 아픔은 금방 사라져. 수박 주스 먹으면 괜찮아.

언니4　수술 끝나고 병실 창문 밖으로 뛰어내리고 싶었어. 너무 아팠어.

언니5　진통제가 강해서 마약 수준이래. 이참에 마약이 어떤 건지 경험해보는 마음으로 가봐.

도움이 되면서도 도움이 안 되는 기묘한 능력을 가진 언니들의 경험담에는 중간이 없었다. 극과 극. 엄청 아프거나 아예 안 아프거나 둘 중 하나였다. 내 몸이 어딘가에 계실 '젠더신'의 선택을 받은 몸뚱이, 통증을 적게 느끼는 몸뚱이이길 바라는 마음이었다. 커뮤니티에선 가슴 수술이 아프면 밑 수술(성기 수술)도 아프다는 게 정설이었다. 이미 4년 전 가슴 확대 수술에서 지옥을 맛본 나는 '한번 더!'라는 생각으로 마음을 잡았다. 언니들이 공통적으로 말해준 꼭 챙겨야 할 수술 준비물은 도넛 방석, 목베개, 넷플릭스 콘텐츠를 가득 저장한 아이패드였다. 그외 필요한 건 가서 구입하기로 하고 최대한 가볍게 짐을 꾸렸다. 옷은 꽉 끼지 않는 바지 두벌, 티셔츠 두세벌이 전부. 몸에 열이 많은 편인 데다가 어차피 수술하면 땀이 많이 날 테고 소독과 치료를 위해 약을 자주 발라야 하니 옷을 가볍게 입어야 할 것 같았다.

띵동 일은 그만두기로 했다. 회복까지 얼마나 걸릴지 알 수 없었다. 나 때문에 생긴 빈자리로 애정하는 동료들이 더 바빠질 모습이 눈에 선해 미안한 마음이 앞섰다. 수술을 앞두고 두려운 마음도 컸다. 트랜스젠더로서 앞으로 띵동과 같은 차별 없고 평등한 분위기의 직장, 4대 보험이 보장되는 직장을 만날 수 있을까? 아니, 과연 직장이란 걸 새로 구할 수나 있을까? 일을 다시 할 수 있을까? 일을 못 구해 굶어 죽으면 어떡하지? 걱정이 꼬리에 꼬리를 물고 이어졌지만 당장 내일이 없는 것처럼 얼른 수술을 받고, 회복에만 전념하는 게 마땅히 내가 해야 할 일 같았다. 내가 건강해진 모습으로 수술 이후의 삶을 더 멋지게 산다면, 띵동 사무국 동료들도 더 기뻐하겠지.

복잡한 마음을 안고 일터에 퇴사를 고했다. 이왕 하기로 한 거, 제대로 해내자는 마음이었다. 일사천리로 수술을 예약할 병원을 물색했다. 수술할 병원으로는 아주 오래전부터 점찍어둔 곳이 있었다. 바로 태국의 얀희병원이었다. 수술 이후 케어 시스템이 잘 정비되어 있고 경력이 훌륭한 의사 선생님이 많은 곳이었다. 이미 수술을 경험한 트랜스젠더 지인들도 추천하는 병원이었다. 정보를 알아보며 가장 많이 들은 이야기는 '수술은 복불복'이라는 거였는데, 경험이 거의 없는 초보 의사 선생님에게 수술받는 것이 아니라면 안심할 만하다고 생각했다. 더군다나 동급의 대형 병원들 중에선 얀희병원이 가장 수술비가 저렴했다. 그럼 오케이! 얀희병원으로!

예약을 진행하기 위해 병원 홈페이지에 접속해보니 세상에! 얀희병원에는 한국인 코디네이터가 있는 게 아닌가? 각종 수술 정보에 더 쉽게 접근할 수 있도록 홈페이지의 내용 대부분이 한글로도 서비스되고 있었다. 홈페이지에서 곧바로 문의도 가능했다. 일정 등을 확정하기 위해 코디네이터님과 몇번의 메일을 주고받은 뒤 쉽게 수술 예약을 완료했다. 사실 트랜스젠더 커뮤니티에서는 성확정수술 브로커들의 활동이 활발하다. 이들은 대부분 혼자 외국에 나와 수술을 받는 트랜스젠더를 위해 각종 서비스와 케어를 도와주는 사람들이다. 영어에 자신이 없으면 브로커의 도움을 받는 것이 좋을 수도 있다. 하지만 운이 나쁘면 브로커에게 사기를 당하거나 금전적 피해를 입을 가능성도 높다. 나의 호르몬 동기 중 한명인 A는 몇년 전 브로커를 통해 태국에서 수술을 받았는데, 방콕 공항에서 병원으로 이동하는 일 등 수술 전날까지는 도움을 받다가 수술 후 다음 날 브로커가 사라져 고생한 경험이 있다. 영어를 못해 에어컨을 켜달라거나 시트를 갈아달라는 부탁도 못 하고 송장처럼 누워만 있었다고 했다. 시간이 흘러 이제는 병원 홈페이지에서 손쉽게 직접 예약을 할 수 있으니 다행이다 싶은 한편, 성확정수술에 국민건강보험이 적용되고, 퀴어와 트랜스젠더에게 친화적인 의료 기관이 국내에 적극적으로 도입된다면 브로커 없이 더 안전하게 수술을 받을 수 있을 텐데 하는 씁쓸한 마음이 들었다.

질을 만드는 성확정수술에는 외부 성기의 피부나 결장, 복막을 이용하는 등 여러가지 방법이 있다. 병원에서는 내게 복부를 개복해 결장의 일부를 혈액순환이 보존된 채로 채취하여 질로 만드는 방법을 권했다. 나의 외부 성기는 이미 9년간의 호르몬 치료와 고환 적출을 겪어, 질을 만들 재료로 쓰기엔 너무 축소됐기 때문이다. 결장을 이용한 수술은 다른 방법의 수술보다 부작용으로 발생할 수 있는 질 협착 가능성이 낮다는 점도 고려됐다. 하지만 이 방법에는 몇가지 조건이 붙었다. 우선 체지방률을 23퍼센트 정도로 낮춰야 했다. 복부를 개복했을 때 내장지방이 많으면 염증이 발생하는 부작용이 있을 수 있다고 했다. 또 이 수술은 신체적·정신적 고통이 크고 9일간의 입원 치료를 받아야 하기 때문에, 병원에선 이 기간에 나를 돌봐줄 사람을 찾을 것을 권했다. 찾지 못한다고 해도 수술을 받을 수는 있지만 간병인이 없으면 고통을 견디기 힘들 거란 얘기였다.

우선 체지방률부터 측정해봤다. 결과는 26퍼센트. 출국까지 10주가량 남아 있었다. 나는 운동과 식단 관리를 병행하며 열심히 수술을 위한 몸을 만들었다. 한편 성적소수문화인권연대 연분홍치마에서 수술을 준비하는 내 모습을 다큐멘터리로 만들면 좋겠다고 하여, 촬영팀과 함께 태국으로 출국하기로 했다. 그런데 감사하게도 촬영팀이 수술 과정을 카메라에 담는 동시에 수술 후 나의 간호까지 맡아주겠다는 거였다. 간호라니! 이 대단한 사람들에게 간호를 받다니! 관심받는 걸 좋아하는 나에게 촬영팀이 들고 있는 카메라의 존재는 쾌락적이었다. 마약과도 같았다. 오, 그럼 보답을 해야지? 나는 영상을 위해 완벽한 피사체가 되어주겠다고 맹세했다.

에디 너무 아플 것 같지만 카메라 앞이라면 고통도 예술로 승화할 수 있을 것 같아요.

촬영팀 그렇게까지……?

에디 수술 과정과 수술의 고통을 온몸으로 표현해 역사에 기록되겠어. 이것은 사명이다! 후배 젠더들이 이 모습을 직접 보고 수술을 결정할 때 도움이 될 수 있도록 하겠어! 이건 단순한 수술이 아니다. 모두를 위한 수술이며 수술의 교과서가 될 테니까요?

촬영팀 에디, 부담된다…….

에디 나만 믿어요. 수술의 고통을 더 확실하고 풍부하게 표현해줄 테니까. 이왕 아픈 거 피눈물을 흘리면서 메소드 연기 할게요? 어디 한번 칸 영화제 가보자!

촬영팀 에디 무서워…….

농담을 주고받다보니 수술도 할 만하겠다 싶었다. 주변의 도움을 이렇게나 많이 받는다니, 나는 참 운이 좋은 트랜스젠더라는 생각도 들었다. 그만큼 트랜스젠더로서 열심히 살아남아 나의 존재를 증언해야겠다고 다짐했다.

2022년 1월 7일 0시 9분 방콕에 도착했다. 코로나19로 인한 태국의 봉쇄 정책에 따라 7일의 격리 기간을 가졌다. 격리는 정말 지옥 같았다. 체지방률을 최대한 낮추기 위해 열여섯시간 공복을 지켰다. 면 음식이나 쌀밥 같은 탄수화물은 입에 대지 않았다. 채소와 국물 위주로 식사를 했다.

격리 해제 후 수술까지는 2주의 여유가 있었다. 이 시간을 활용해 나는 연분홍치마 촬영팀과 파타야·방콕을 돌며 다큐멘터리를 위한 영상을 찍었다. 이곳저곳 이동하는 동안에도 공복 유지는 계속됐다. 정신적으로 너무나 힘들었지만 체지방이 많아 수술을 할 수 없다는 이야기를 들을까봐 겁이 났다. 수술을 하지 못하면 무거운 촬영 장비를 들고 태국까지 함께 온 촬영팀에게 너무 미안한 마음이 들 것 같았다. 이런 최악의 상황을 피하고자 발버둥 치며 악착같이 식욕을 참았다.

그리고 수술 전날. 검사를 받기 위해 방문한 얀희병원은 정말 컸다. 바로 앞에 지하철역도 있는 것을 보니 지역의 중심부 같은 느낌이었다. 코디네이터님에게 이 지역은 어떤 곳이냐고 물어보니 '서울로 치면 은평구 정도'라고 했다. 은평구라……. 퀴어 친구들이 많이 사는 동네와 비슷한 분위기라는 말만 들어도 마음이 한결 가벼워졌다. 검사는 오전 8시부터 진행

됐다. 나를 담당한 의사 선생님과 면담을 하고 정신과 진료를 받은 뒤 혈액검사를 하는 순서였다. 나를 새로운 몸으로 다시 태어나게 해줄 일명 '뉴 파더' 의사 선생님은 내 외부 성기를 잡아당기고 이리저리 들추며 면밀히 관찰했다. "Too small."(너무 작아요) 선생님의 한마디에 수치스럽다기보단 당황스러움이 몰려왔다. 평소 나는 내 외부 성기가 아주 작기만을 바랐고, 너무 작아서 차라리 안 보였으면 하는 마음으로 살았다. 하지만 의료진과 태국어로 대화하던 선생님이, 내 외부 성기의 크기를 진단하는 말만큼은 내가 이해할 수 있도록 영어로 이야기하다니! '얘가 그래도 얼마나 씩씩한데요' 하며 속으로 발끈했다. 그러다 문득 평소 내 몸을 부정하던 내가 의사 선생님의 난데없는 몸 평가에 이런 생각까지 한다는 게 우스워졌다. 사실 의사 선생님은 수술의 재료가 될 내 외부 성기가 너무 작아서, 이를 어찌해야 하나 싶은 마음으로 내뱉은 말이었던 것 같지만.

성확정수술. 나는 대수술이라 생각했는데 의사 선생님은 성형 시술 정도로 생각하는 것 같았다. 불안한 마음에 수술 중 위험한 상황이 벌어질 수도 있느냐고 물어보았더니, 선생님은 왜 그런 질문을 하는지 오히려 의아해하는 반응이었다. 자신감에 찬 선생님 모습에 나의 무겁던 마음도 조금 가벼워졌다. 의사 선생님은 이런 질문도 했다. "기대하거나 희망하는 성기 모양이 있나요?" 한번도 생각지 못한 질문이었다. 나는 그저 외적인 모습이 '남성'으로 인식되지 않기를, 여성으로서 내가 내 몸을 긍정할 수 있기를 바랐을 뿐이다. '완벽한 성기'인지 '예쁜 성기'인지는 중요하지 않았다. 나는 기능적으로 일상생활에 문제가 없게끔 신경 써달라는 부탁을 했다. 나중에 알게 된 사실이지만, 일부 집도의의 경우 '남성과의 정상적인 성관계' 또는 '남성을 위한 성기'를 수술 목표로 잡는다고 한다. 이는 불필요하게 과도한 수술로 이어질 수도 있으므로 자신의 정체성에 대해 꼭 의사와 충분한 사전 소통을 해야 한다.

의사 선생님의 검진 후 무사히 수술 결정이 났다. 다음으로 간 곳은 정신과였다. 두 명의 정신과 선생님과 상담을 했다. 내가 겪은 성별위화감 또는 성별불일치감을 확인하는 상담이었다. 언제부터 스스로를 여성이라 생각했는지, 왜 여성이 되려고 하는지 같은 날것의 질문들을 받아내야 했다. 사실 내가 내 몸을 정의할 때는 여전히 많은 물음표가 붙는다. 하지만 선생님들이 던진 질문은 성별이분법에 입각해 100퍼센트 무결점 여성을 상정하는 것 같아 불편하기도 했다. 괴로운 시간이었지만 나는 부드러운 진행을 위해 의사가 원하는 대답(완벽한 여성이 되고 싶어요!)과 수술이 왜 필요한지(한국에서 법적으로 성별정정을 하기 위해선 수술이 필요합니다!)를 적절히 섞어 말했다. 그러자 의외의 말을 듣게 되었다. "한국은 살기 좋은 나라네요. 태국은 성별정정을 해주는 시스템 자체가 없거든요."

'태국은 트랜스젠더의 천국'이라는 말을 익히 들어왔던 터라 당연히 성별정정을 위한 제도를 갖추고 있을 거라 생각했는데 그게 아니라니? 의사 선생님은 태국엔 성별정정 제도가 없는 대신, 사회 분위기상 트랜스젠더와 비트랜스젠더가 잘 섞여 산다고 했다. 성정체성에 대해 개방적인 문화이고 TV에 나오는 연예인들뿐만 아니라 일상생활에서도 트랜스젠더를 흔히 만날 수 있어 특이하고 낯선 존재로 여기지 않는다고 했다. 하지만 트랜스 여성이 성확정수술을 받아도 법적으론 남성으로 살아야 한다니, 아직은 해결해야 할 제도적 불편이 남아 있는 나라임은 분명해 보였다.

2022년 1월 19일 오후 2시 병실에 입실했다. 강이 보이는 방이었다. 마침 코로나19로 입원한 환자가 적어 가장 좋은 자리를 배당받았다. 식욕은 없었다. 음료만 마시며 9일 동안 지낼 이곳을 익숙한 물건들로 채웠다. 그렇게라도 두려움을 덜어내려고 했다. 화장실 안에 내가 쓰던 스킨과 로션, 샤워도구를 말끔히 정리해놓았다. 침대에 누웠을 때 바로 보이는 TV 앞에는 내 사진과 입실하기 전 촬영차 갔던 파타야 지역의 바닷가에서 주워 온 조개껍데기, 그리고 세가지 소원(10억원, 수술 후 결혼, 덜 아프거나 하나도 안 아픈 수술이 되게 해주세요)을 적은 종을 놓아두었다. 입고 있던 옷을 환자복으로 갈아입으니 곧 내가 수술을 받을 거란 실감이 났다. 창밖을 봤다. 강이 흐르는 풍경이 아름답지만 감상에 빠질 겨를이 없었다. '혹시 잘못되면 어쩌지?' 싶은 걱정스러운 마음이 앞서면 갑작스런 수술 거부로 이어질 것 같아서 아예 모든 생각을 중단해버렸다. 당시 나의 인터넷 검색 기록을 살펴보면 이렇다. '마취 중에 깨어나면 어떻게 되는지' '수술대에서 의사와 소통할 수 있는 수신호' 등등. 이런저런 산더미 같은 걱정을 안고, 수술을 잘 이겨내라는 지인들 메시지에 차례차례 답장을 했다. 얼굴이 아른거리는 그리운 친구들에게는 영상통화로 인사를 전했다. 그러다보니 금방 오후 8시가 되었다.

장을 비우는 액체 2리터를 두통 든 간호사 선생님이 나를 찾아왔다. 한시간 단위로 한통씩 다 마신 뒤 대변이 나올 때마다 사진을 찍어서 자기에게 보여달라고 했다. 선생님의 안내대로 열번 넘게 화장실을 들락날락하면서 액체를 마셨더니 어느새 겨우 두통을 다 비울 수 있었다. 한꺼번에 많은 양의 액체를 마시니 속이 거북하긴 했지만 참을 만했다. 그보다는 나의 배설물을 사진 찍어 간호사 선생님한테 보내는 일이 더 괴로웠다. 휴대폰 사진첩에 사진이 여러장 쌓일수록 내 소중한 아이폰 미니12가 더러워지는 느낌이었다. 게다가 간호사 선생님은 내가 보낸 사진을 전부 뚫어지게, 면밀히 관찰했다. 정말 낯설고 피로한 과정이었지만 이것도 다 거쳐야 할 관문이라 생각하며 마음을 애써 가라앉혔다.

하루가 정말 길었다. 수술 준비에 시간이 빠르게 흐르는 듯하면서도 계속 지연되고 있는 것 같은 이상한 기분에 사로잡혔다. 이제 하룻밤만 자고 일어나면 수술실에 들어간다니. 그동안 온갖 드라마를 찍은 이 몸과의 마지막 밤이었다. 나보다 먼저 '수술길'을 걸었던 언니들의 삶을 지켜보면서 수술 이후에도 기대했던 만큼 완벽한 삶이 펼쳐지지는 않는다는 사실을 너무 잘 알고 있었다. 하지만 수술 후 성별정정에 성공하면 지긋지긋한 성별위화감에서 해방될 수 있을 것이다. 남들 앞에서 자신있게 신분증을 내밀 수도 있을 것이다. 수영장에서 마음 편히 수영을 배울 수 있는 건 물론이고, 사랑하는 사람과 함께 걸을 때 남들의 눈치를 보지 않아도 될 것이다. 물론 트랜스젠더를 바라보는 사회적 시선이 바뀌는 게 우선이겠지만. 나는 가만히 병실 침대에 누워 머릿속으로 새로워질 삶의 모습을 그려보았다. 앞으로의 삶은 지금보다 덜 긴장하며 살 수 있다고 생각하니 그래도 수술을 하기로 결정하길 잘했구나 싶었다.

잠들기 전 연분홍치마 촬영팀의 김일란 감독님에게 한가지 부탁을 드렸다. "감독님, 제가 수술 끝나고 이 병실로 돌아올 때 꼭 게임 「어쌔신 크리드: 오디세이」 메인 테마곡 「레전드 오브 더 이글 베어러」(Legend of the Eagle Bearer) 틀어주세요. 마치 영웅이 탄생한 것처럼요." 늘 영화 속에서 원더우먼이나 슈퍼맨 같은 영웅이 태어나면 웅장한 음악이 배경에 깔리는 게

소름 돋게 좋았다. 새롭게 얻은 몸으로 영웅 같은 시작을 할 수 있기를 바랐다. 이런 나의 재탄생이 마치 예언된 결과이기라도 한 것처럼, 당연히 이렇게 태어났어야 했던 존재인 것 같은 느낌을 받고 싶었다. 수술이라는 큰 산을 넘은 후, 나를 위한 소소한 설정에서 행복을 느끼고 싶기도 했다.

2022년 1월 20일 오후 1시. 수술 예정 시간이었다. 수술 준비는 당일 오전 6시부터 8시까지 두시간가량 이어졌다. 간호사 선생님이 약 한알을 주며 이걸 먹으면 몸이 이완될 거라고 했다. 극도의 두려움으로 수술 직전에 포기하거나 스스로 수술을 거부하며 난동을 부리는 경우도 있다고 했다. 그런 일을 방지하기 위해 심신을 안정시켜주는 약이라고 했다. 그걸 먹고 나니 바로 잠이 들었다. 나는 그후 시간이 얼마나 흘렀는지, 어떤 일이 벌어졌는지 제대로 인식하지도, 기억하지도 못한다. 제모와 관장을 받았다고 하는데, 어렴풋이 몸에 닿는 약간의 물기를 느꼈던 것 같기도 하다. 비몽사몽이었다. 수술 시간이 다 되어 병상에 누운 채 수술실로 실려 가던 순간도 흐릿하게 떠오른다. 그 와중에도 "이것만 하면 다 끝난다, 이게 마지막이다"라고 혼자 중얼거렸던 게 뚜렷이 기억난다. 그리고 암전. 여덟시간 뒤 나의 성확정수술은 드디어 끝이 났다.

나는 계속 누워 있었다. 병실 문이 열리고 나를 향해 손뼉 치는 사람들의 박수 소리와 환호가 찰나의 기억으로 남아 있다. 내가 부탁한 「어쌔신 크리드」 OST가 크게 들렸지만 그것도 순간이었다. 마취가 덜 깬 상태에서 노래를 들으니 '아차' 하고 창피한 마음이 들긴 했는데, 끊어진 필름처럼 남아 있는 기억이다. 그후 내내 병실에 누워 있었다. 간호사 선생님이 오면 깨어났다가 다시 잠들기를 반복했다.

정신을 차린 건 만 하루가 겨우 지났을 때였다. "살았구나. 끝났구나." 입에서 이 두마디가 튀어나왔다. 조금씩 돌아오는 감각을 느끼며 내 몸을 체크해봤다. 소변줄, 피통이 주렁주렁 연결되어 있었다. 손등에 꽂힌 주삿바늘을 통해 진통제가 몸속으로 흘러들고 있었다. 생각보다 아프진 않았다. 하지만 기운이 너무 빠져버려서 고통조차 100퍼센트 감각할 순 없는 상태인 것 같았다. 발가락만 꼼지락거릴 수 있을 정도였다. 고통을 호소하는 것도 기운이 남아 있을 때나 가능한 일인 것 모양이었다. 그냥 계속 잠을 자는 것 외엔 하고 싶은 일도, 할 수 있는 일도 없었다.

내가 3위라고?

손등에 놓는 진통제 주사는 정해진 시간에 맞춰 계속 맞아야 했다. 그때마다 피부가 타 들어가는 느낌이 들었다. 혈관을 관통하는 듯한 통증이 나를 괴롭혔다. 번번이 주사를 놓아주는 간호사 선생님에게 덜 아프게 주사를 천천히 놓아달라고 부탁드렸다. "선생님, 소프틀리, 젠틀리……" 돌아온 대답은 "원래 아픈 겁니다"였지만.

　다음으로 내가 할 일은 가스 배출이었다. 정말 중요한 과정이라고 했다. 가스 배출 여부로 수술이 잘되었는지 확인이 가능하기 때문이다. 가스가 나오지 않으면 다시 개복을 해서 장이 잘 연결되어 있는지 여부를 확인해봐야 한다는 무서운 경고를 듣기도 했지만, 가스 배출 전까지 물도 마실 수 없고 금식해야 한다는 점이 더 소름 끼쳤다. 더구나 태국은 푸팟퐁커리, 똠얌꿍 등 우리에게도 익숙한 요리들로 가득한 미식의 나라가 아닌가! 수술 전날까지 철저히 체중 감량에 신경 쓴 탓인지 이제는 제발 배불리 먹고 싶다는 집념이 날 집어삼킨 것 같았다. 고대하던 순간은 수술 후 이틀째 새벽, 아이패드로 넷플릭스를 보다가 찾아왔다. 갑자기 스으윽 하는 소리와 함께 무언가 뒤로 빠져나가는 느낌이 들었다. 가스였다. 하지만 간절함이 컸던 만큼 내가 환각에 빠진 것일 수도 있다는 강력한 의심이 들었다. 그래서 다음 가스 배출을 한번 더 기다려보기로 했다. 해가 뜨고 반나절이 지나고 오후가 되어서야, 나는 내 몸에서 나는 큰 소리를 들을 수 있었다.

에디 감독님, 들었어요?

감독님 네, 저도 들었어요.

어떤 냄새가 나건 상관없었다. 가스 배출로 모두가 행복해진 날이었으니까. "방귀 나왔어요!" 간호사 선생님에게 희소식을 보고했다. 이제 물이나 음료는 마셔도 된다고 했다. 단, 건더기가 있는 음료는 아직도 마실 수 없었다. 다음 날부턴 환자식으로 수프가 나왔다. 한입 한입 천천히 음미하며 후추의 향에서 시작해 부드러운 끝맛까지, 수프의 모든 맛을 느꼈다. 수프가 혀에 닿은 뒤 목구멍으로 넘어가는 매 순간을 느끼며 한그릇을 다 비우고 나니 완전히 살아난 기분이었다. 음식물이 몸속을 어떻게 통과하는지 다 느껴졌다. 아무래도 며칠간 텅 비어 있던 장이라 간절히 무언가로 채워지길 기다렸나보다. 장이 꾸르르, 꾸릉, 큰 소리를 내며 움직였다. 드디어 새로운 몸으로 다시 태어난 기분이었다.

하지만 새로운 몸에 적응하는 일은 녹록지 않았다. 피통과 소변줄을 몸에서 제거하기 전까지는 인간이 생명을 지속하기 위해 수행하는 기초적인 생리 활동, 그러니까 숨 쉬기, 기침하기, 대소변 보기 같은 활동을 새로이 연습해야 했다. 전신마취 탓인지 목에 가래가 껴 있었고, 그걸 해결하기 위해 기침을 하면 주먹으로 복부를 맞기라도 한 듯 엄청난 통증이 밀려왔다.

태국에서 유명하다는 흡입기(inhaler)를 사서 침대 옆에 두고 수시로 숨쉬기에 사용했다. 가래를 억제하기 위해 목캔디를 먹었다가 오히려 기침이 터져버려 고생을 하기도 했다. 겨우 목 캔디를 먹는 것도 어려운 몸이라니.

불시에 기침이 찾아올 땐 베개를 복부에 올리고 살짝 누르며 힘을 분산시키니 덜 아팠다. 의사 선생님 말로는 많이 움직여야 회복이 빠르다고 했다. 수술한 언니들도 가스 배출 후 이것저것 먹고 싶은 음식을 만들어 먹기도 하면서 일부러 몸을 움직였다고 했던 말이 떠올랐다. 하지만 막상 움직이기 위해 상반신을 들어올리면 머리가 핑 하고 돌았다. 빨리 눕지 않으면 큰일 난다고 몸이 스스로 신호를 보내는 것 같았다. 이런 상황에서 화장실에 가 대변을 보는 건 무리였다. 간호사 선생님에게 물어보니 침대 위에서 쓰라며 대변통을 꺼내주었다. 하지만 절대로 침대 위에서 볼일을 보고 싶지 않았다. 차라리 수프와 음료로 허기를 달래며 최대한 먹지 않는 편을 선택했다.

수술 5일 차가 되자 열걸음 정도에 위치한 화장실에 혼자 다녀올 수 있게 됐다. 하지만 평소처럼 변기에 앉아 복부에 힘을 주니 통증이 왔고 뭔가 터질 것 같은 느낌이 들었다. 이대로는 안 될 것 같아 일단 최대한 몸에 힘을 풀고 상체를 아주 살짝 앞으로 숙였다. 긴장을 푼다는 느낌으로, 장에 길을 터준다는 느낌으로 자연스럽게 숨을 쉬며 기다리니 뿅! 하고 원하는 결과가 나왔다. 식은땀을 닦으며 대견한 나 자신을 칭찬해줬다. 대체 그동안 볼일을 볼 때마다 내 몸을 어떻게 써왔던 거지? 불필요한 힘을 쓰진 않았나? 성확정수술 후 새로워진 내 몸은 스스로 '몸은 이렇게 조심히 써야 하는 거야, 알겠니?'라고 내게 지도해주는 것 같았다.

9일간 입원하는 동안 나를 돌봐준 간호사 선생님들과 많이 친해졌다. 트랜스젠더 커뮤니티에 자자한 소문대로 태국의 간호사 선생님들은 정말 친절했다. 친절에 감동받은 나머지 수술 후 태국을 다시 방문했을 때 병원에 찾아가 간호사 선생님에게 선물로 감사 인사를 전했다는 트랜스젠더들의 이야기가 납득이 되기도 했다. 코로나19로 환자가 많지 않았기 때문일까. 두세명의 간호사 선생님들이 나를 찾아와 시트를 갈아주고, 소변통과 피통을 갈아주고, 내 몸을 씻겨주면서 그밖에 필요한 건 없는지 수시로 물으며 회복을 도왔다. 다만 느닷없이 건네는 악의 없는 외모 평가가 당황스러울 때는 있었다.

한번은 배우 루시 리우를 닮은 간호사 선생님이 "피부가 너무 예뻐요. 하얗고. 질투 나네, 질투 나"라며 칭찬 아닌 칭찬을 하기도 했고, 온몸을 훑으며 흰 피부가 부럽다는 듯 시선을 보내는 선생님들도 있었다. 수술 후 회복이 워낙 고생스럽고 마음이 약해지는 과정이다보니, 칭찬을 통해 기분을 풀어주고 자신감을 북돋아주려는 노력 같았다. 이야기를 좀더 들어보니 태국에선 하얀 피부가 미의 기준이라고 했다. 과연 입원 내내 태국 TV 프로그램에서 본 연예인들 대부분은 A4 용지만큼이나 하얀 피부의 소유자들이었다. 원치 않는 외모 평가를 긍정할 순 없었지만 그 순간만큼은 칭찬이라 생각하고 즐기기로 했다. 병동에서 '흰 피부'로 유명해진 나를 보러 간호사 선생님들이 돌아가며 날 구경하러 왔고 그때마다 나는 옷자락을 슬몃슬몃 들어 별일 아닌 듯 당당하게 내 속살을 보여줬다. 수술 후 지쳐 있던 중 당장은 이곳에서 내가 '미녀'로 통하고 있다는 사실에 기분이 너무 좋기도 했지만, 그만큼 태국도 외모 압박이 심한 나라라는 생각이 들었다.

간호사 선생님들과의 대화 주제는 다양했다. 가장 큰 이야기꽃을 피운 건 서로의 여행 경험을 말할 때였다. 태국에서도 「겨울연가」가 크게 히트했다며 촬영장인 남이섬과 춘천을 방문했을 때의 사진을 보여준 선생님도 있었다. 사진첩을 보니 내가 처음 보는 명소와 음식이 많았다. 여기가 대체 어디며, 이 음식은 무엇이냐고 한국인인 내가 오히려 태국인 간호사 선생님에게 묻고 있었다. 이 역전된 상황에 서로 웃음을 터뜨렸던 유쾌한 기억이 떠오른다. 무엇보다도 간호사 선생님들에게 감사했던 건, 수술 후 내 눈을 맞추며 말끝마다 나를 '마담'이라고 정확하게 불러줬다는 사실이다. 그 호칭에서 나의 변화를 실감할 수 있었고, 호칭까지 세심하게 고려해 나를 보살펴준 간호사 선생님들의 배려 덕분에 무사히 지루한 회복 시간을 견딜 수 있었다.

그렇게 일주일이 지나고 차례대로 피통과 소변줄, 주삿바늘을 제거했다. 이 과정도 쉽진 않았다. 별도의 장소로 이동한 뒤 마취 상태로 진행되었다. 한숨 자고 나니 다 끝나 있었는데, 의사 선생님 설명에 따르면 몸에 달린 소변줄 등을 제거하면서 질이 잘 만들어졌는지 확인하는 과정이라고 했다. 그러고 나서 나의 수술을 집도한 의사 선생님들이 수술 경과에 대한 설명을 해줬다. 복부 개복 후 결장을 수술한 선생님(편의상 '장샘')과 질을 만들어준 선생님(편의상 '질샘') 이렇게 두분이었다. 장샘은 잘 회복되고 있다며 호탕한 웃음과 함께 엄지를 들어올렸다. 그러곤 별말이 없었다. 질샘은 자신의 수술 사례 중 가장 잘된 케이스에 속한다며, 모양이 잘 잡힌 걸로 따지면 전체에서 3위 정도 된다고 했다. 얼마 남지 않은 내 몸의 재료를 사용해 이 정도 모양의 질을 만든 건 굉장히 잘된 수술이라는 자평이었다. 3위라…… 칭찬이긴 했지만 트랜스젠더들끼리 성기 모양으로 경쟁할 것도 아니고, 대체 왜 성기 외모조차 신경 써야 하는 건지. 더구나 등수는 더더욱 중요치 않았다. 소변이 잘 나오고 성기로서의 기능만 잘할 수 있다면 오케이였다. 내가 무사히 수술을 마쳤고, 더이상 긴장하지 않아도 되는 몸을 가지게 됐다는 사실이 더 중요했다. 그래도 내심 1위가 누군지는 궁금하긴 했다. 알게 된다면 같은 선생님으로부터 수술받은 동기로서 그분에게 한번쯤 인사를 드리고 싶다는 엉뚱한 호기심이 일었달까……?! '저 3위예요. 반갑습니다.' 이 정도 인사는 건넬 수 있을 것 같았다.

우스운 생각이 자연스레 떠오르는 걸 보니 힘든 과정은 이제 다 지나간 것 같았다. 여전히 10분 이상 서 있는 건 무리였다. 하지만 이틀 뒤 퇴원이라는 사실에 이미 다 회복된 듯 마음이 가벼웠다. 이 모든 과정을 함께해준 의사 선생님과 간호사 선생님에게 감사 인사를 전했다. 애틋한 내 마음과는 달리 몇 시간 뒤에 있을 또다른 수술을 준비하러 간다는 선생님을 보며 바쁜 분을 너무 오래 붙잡고 있었나 싶은 생각도 들었다. 다음 환자는 한국에서 홀로 수술받으러 온 분이라고 했다. 지금껏 내가 겪은 과정을 밟아나갈 그분을 생각하니 응원을 해주고 싶어졌다. 하지만 실행에 옮길 수는 없었기에, 의사 선생님에게 마음만 전해달라고 요청드렸다. 나 말고도 수술을 하기 위해 태국까지 온 사람이 여기 또 있구나. 수술이 잘되길 바라는 마음, 수술 이후에도 행복한 일만 가득하길 바라는 마음을 담아 조용히 기도했다. 우리는 모두 자매니까요.

달라진 몸을 느끼며

아픈 서러움

가벼웠던 마음은 생전 처음 보는 기구와 여러가지 약을
가져온 간호사 선생님의 등장으로 깨져버렸다. 다일레이션
(dilation, 질 확장술)과 질 세척을 해야 한다고 했다. 다일레이션
은 흡사 딜도처럼 생긴, 길이 6인치(약 15센티미터), 두께 2~
3센티미터의 다일레이터(dilator, 질 확장 기구)를 이용해, 구축한
질이 서로 붙지 않도록 해당 부위를 넓혀주는 '수술 후 관리 작
업'이다. 다일레이터가 봉처럼 생겼다고 해서 일명 '봉 작업'이
라고도 불리는데, 이게 참 어려운 일이다. 수술 부위에 다일레
이터를 넣으면 넣을수록 내부를 찢으며 뚫고 들어가는 고통을

주기 때문이다. 실제로 다일레이션은 피부를 늘이는 일이기도 하거니와 30년이 훨씬 넘게 살아오면서도 이런 아픔을 주는 신체 감각은 처음이었다.

처음 느낀 극심한 고통은 이내 두려움으로 다가왔다. 간호사 선생님은 6인치로 질을 구축했기 때문에 그 깊이만큼 기구를 끝까지 다 넣어야 한다며 계속 다일레이션을 시도했다. 하지만 이미 긴장해 온몸이 경직된 상태라 4인치까지만 들어가고 말았다. 그야말로 내 질에서 뚫으려는 자와 막으려는 자의 결투가 벌어지고 있었다. 나의 새로운 질은 피로 흥건했고 얼굴은 온통 눈물범벅이었다. 게다가 간호사 선생님은 한시간 동안 다일레이션을 해야 한다며 다 들어가지 않은 다일레이터를 끈으로 고정한 후 계속 들어가게끔 마치 활시위처럼 만들어놓았다. 그러곤 선생님은 떠나버렸다.

나는 그 지옥 같은 한시간 동안 온몸을 부들부들 떨었다. 종이에 손가락이 베이는 듯한 고통을 계속 느끼며 분초를 셌다. 눈물이 마르지 않고 흘렀다. 왜 이렇게 수술까지 했어야 했나 싶었다. 이 과정을 겪을 수밖에 없는 내 삶이 고통스럽게 느껴졌고 수술 결정마저 후회스러웠다. 심지어 천사처럼 보이던 간호사 선생님에게도 미운 마음이 들었다. 옆에 있던 촬영감독님에게 손 좀 잡아달라고, 아무 말이나 제발 해달라고 부탁을 드렸다. 감독님은 자신이 받았던 훨씬 더 큰 수술 경험을 나누어주었고, 우리는 왜 내가 받은 수술 후 작업이 이토록 아플 수밖에 없는지 서로 이야기했다. 그렇게 버티다보니 고통의 시간도 결국은 흘러갔다. 다일레이션을 마치고 나자 온몸이 식은땀으로 흥건했다. 하지만 이게 끝이 아니었다. 간호사 선생님은 내 몸에 꽂혀 있던 다일레이터를 빼며 내일 아침에 다시 오겠다고 했다. 암살을 예고하는 자객을 보는 것 같았다.

다일레이션을 하면 할수록 통증은 줄어든다고 했다. 오늘 해야 내일 덜 아프고, 내일 해야 내일모레에 덜 아픈 거라 계속할 수밖에 없다고 했다. 그런데 세상에. 다음 날엔 더 아팠다. 의식이 돌아오면서 더 또렷하게 아팠다. 어쩜 이렇게 아플 수가 있을까. 날씨가 화창하니까 마음까지 아팠다. 남들은 태국을 여행하면서 즐기는 바다 뷰를 나는 병실에서, 다일레이션을 하며 보고 있었다. 아무것도 즐기지 못하고 다일레이션만 해야 한다는 생각에, 신체적 고통과 정신적 고통이 함께 찾아왔다. "릴렉스, 릴렉스." 간호사 선생님은 계속 근육의 긴장을 풀어야 덜 아프다고 했다. 노래를 부르면 나을 거라고 했다. 선생님 말대로 했다. 어떻게든 통증을 줄이기 위해 깊이 숨을 쉬며 몸의 힘을 빼려고 노력했다. '저 산맥은! 말도 없이! 오천년을 살았네!' '푸우른~ 하아늘~ 으은하아수우우~♬' 속으로는 흥얼흥얼 노래를 불렀다. 그러자 어느샌가 정말 다일레이터가 더 깊이 들어가고 있었다.

그렇게 한시간을 채웠다. 다일레이션은 꼭 필요한 시술이지만, 이상한 자세로 안간힘을 쓰며 몸 안에 다일레이터를 넣고 있는 내 모습이 처량하게 느껴졌다. 그 순간 나보다 먼저 성확정수술을 한 언니들의 얼굴이 떠올랐다. 언니들도 이 자세로 나처럼 힘들어했을 거라고 생각하니 고통이 좀 나아지는 것 같았다. '그래, 나만 이렇게 아픈 거 아니야. 다들 그랬을 거야.' 언니들은 나보다 더 긴 시간 동안 다일레이션을 했다고 말했었다. 하루에 두시간씩 두번 다일레이션을 하고 잠잘 때는 수면용 다일레이터를 질 안에 넣고 있었다고 했다. '언니들이 버텼으니까 나도 버틸 수 있어.' 나는 속으로 계속 언니들의 얼굴을 떠올리며 버텼다. 간신히 두번째 다일레이션도 끝이 났다. 나는 펑펑 울었다. 아픈 서러움이 이런 걸까. 온갖 감정을 다 쏟아내고 싶었다.

간호사 선생님은 나처럼 결장을 이용해 질을 만든 경우엔 6개월간 하루에 한시간씩 두번 다일레이션을 해야 한다고 했다. 그래야 질 협착이라는 부작용을 겪지 않을 수 있다고 했다. 선생님에게 너무 아프다고 호소하며 왜 이렇게 아프냐고 물어봤다. 서러운 마음에 6인치 다일레이터는 나에게 너무 무리라고, 왜 6인치로 수술을 해야 했느냐고 볼멘소리를 했다. 돌아온 대답은 이랬다. "그래야 남자들이 좋아할 거예요. 관계할 때 더 원활하게 할 수 있거든요." 선생님은 무엇보다도 6인치가 세계적으로 통용되는 평균치이자 기준이라고 했다. 나는 머리를 얻어맞은 것 같았다. 나는 남자를 만족시키기 위해 수술한 게 아닌데? 이렇게 아프면 섹스를 안 해도 된다는 생각까지 들었다. 그때 문득 수술 전날 의사 선생님과 미팅했을 때 나눈 이야기가 떠올랐다. 의사 선생님이 몇 인치까지 질 깊이를 원하는지 물어봤을 때, 그냥 '평균' '남들이 하는 정도'면 된다고 쉽게 답하지 않았나. 후회가 밀려왔다. 이렇게 고통스러운 일이었다면 4인치로 해달라고 할걸. 왜 남자한테 내 몸을 맞춰야 하는 건데! 왜 내가 내 질 깊이를 정하지 못했나!

진작에 이런 걸 알려주지 않은 다섯명의 트랜스젠더 언니들에게 갑자기 원망하는 마음이 들었다. 한편으론 언니들을 떠올리면 고통이 참아지다가도, 한번 더 생각해보면 "다일레이션할 때만 조금 아프고 다 괜찮아" 정도로 대수롭지 않게 수술의 고통을 정리해서 말한 언니들이 미워지기도 했다. 사실은 그냥, 이 길을 겪었을 언니들 생각을 제일 많이 했던 것 같다. 두 번째 다일레이션이 끝나고 나서, 수술하기 전에 별로 안 아프다고 말해줬거나 다일레이션에 대해 전혀 경고해주지 않은 언니들 한명 한명에게 안부인사도 전할 겸, 불평도 털어놓을 겸 영상통화를 걸었다. 퉁퉁 부은 눈으로 다들 거짓말쟁이들이라고 툴툴거렸더니 그제서야 언니들은 "맞아! 그때 아팠지! 이제 생각났네!" 하며 깔깔 웃었다. 이 고통스러운 다일레이션을 어떻게 견뎠는지 물어보자, 웬걸 한 언니가 이렇게 말하는 게 아닌가. "아팠지만 그 과정 자체로 내 몸을 찾은 기분이 들어서 행복감도 느꼈어. 새 몸으로 시작할 삶이 너무 기대됐거든. 무조건 해야 한다는 생각으로 고통을 이겨냈지 뭐." 헛웃음이 나왔다. "언니, 너무 아파서 이성의 끈이 풀렸던 상태 아니야? 너무 너무 아파서 그냥 해탈한 거 아니냐고." 그 어떤 투덜거림도 언니들에겐 소용이 없었는지, 전화기 너머에서 계속 웃음소리가 들렸다. 아픔을 참고 행복해지길 바라는 것. 이런 소망조차 환상이 아닐까 싶은 생각이 들었다. 나는 왜 이 아픔을 겪어야 할까. 이 고통이 끝나면 정말 행복이 올까. 어쩌면 아픔과 행복을 분간하지 못하고, 영원히 기대만 하며 살아가는 건 아닌지……

그토록 원하던 성확정수술이었지만 난 정말 아프기만 했다. 언니들이 말하는 '아픔보다 큰 행복감'이 내게는 찾아오지 않았다. 혹시 성확정수술을 절실히 원한 것이 아니었는지 내 마음을 의심해보기도 했다. 통화를 할 때 마지막으로 들은 언니의 말을 떠올렸다. 이 몸으로 새로 시작할 삶이 너무 기대된다는 말. 생각해보니 언니들과 나는 수술을 결심했을 때 처한 상황이 달랐다. 언니들은 일상 속에서 자신의 성별정체성을 숨기고 살며 차별과 혐오를 견뎌오다 수술을 받았다. 나는 트랜지션 이후 성소수자임이 문제가 되지 않는 비영리 민간단체에서 성평등한 분위기의 동료들과 살아오다 수술을 받았다. 아마도 언니들의 행복감은 수술을 통해, 사회가 채운 족쇄를 풀었다는 해방감이었을 것이다. 한편 주변 사람들의 도움으로 꽤 오래전 마음의 족쇄를 풀어버린 나는 마침내 내 몸과의 싸움을 멈추고 싶다는 게 가장 큰 수술 동기였다. 나는 오로지 '몸'에 집중했기에 신체의 고통이 더 크게 다가왔던 것 같다.

천천히 복잡하디복잡한 내 마음을 자세히 들여다보았다. 고통에 시달리는 마음이 있었고, 지칠 대로 지쳐버린 마음이 있었다. 그 마음들을 들추고 좀더 깊은 마음속으로 들어가봤다. 그랬더니 깊은 마음속 한편에 커다란 후련함이 숨어 있었다. 그동안 해결하지 못했던 큰 숙제, 내 몸의 문제를 끝냈다는 후련함. 아마 100명의 트랜스젠더가 있다면 수술을 하고자 하는 100개의 동기가 있으리라. 그리고 모두의 수술이 끝난 후 100개의 감정과 100개의 치열한 경험이 남으리라.

퇴원 후에도 나는 숙소에서 혼자 다일레이션을 계속했다. 넷플릭스를 보면서 천천히 하니 훨씬 덜 아팠다. 시간이 걸리기는 했지만 일단 다일레이터가 3~4인치 정도 들어갔다. 그리고 30분쯤 지나니 천천히 5인치까지 들어가기 시작했다. 첫번째와 두번째 다일레이션을 할 때 느낀 최고강도의 통증을 10이라고 하면 이번엔 3 정도의 통증을 느꼈다. 몸을 옆으로 굴리며 집어 넣어보기도 하고 엎드려뻗친 자세까지 구사하며 이렇게 저렇게 넣어봤다. 그러다보니 결국 온몸의 근육에 실린 힘을 빼는 게 가장 중요한 요령임을 깨닫게 되었다. 노래를 부르라는 이유가 바로 이것 때문! 나는 휘파람을 불었다. 나는 노래를 불렀다. 천천히 힘을 주니 몸 안에 자연히 길이 났다. 시간과 힘 빼기의 싸움인 것을! 다일레이션 7일 차! 난 다일레이션 전문가가 되어 있었다.

새로운 공감

서서히 달라진 몸을 느끼기 시작했다. 우선 소변 보는 것이 달라졌다. 소변을 보는 자세도 달라졌지만 붓기가 덜 빠져서 그랬을까. 뭐랄까, 소변이 나오는 곳에 옷을 입힌 느낌이랄까? 벽을 타고 흐르는 느낌이 거북했다. 그래서 시스젠더 여성으로 추정되는 몇몇 연분홍치마 촬영팀 멤버에게 물어보니, "맞아요! 그런 느낌이에요!"라며 공감의 대화가 이루어지는 게 아닌가? 다일레이션을 하고 나면 장액과 함께 피가 섞여 나오기도 했다. 흘러나오는 피의 양을 조절할 수 없어 막 흐르기만 했다. 이 이야기를 들은 촬영팀 여성 동료들은 "맞아요! 그게 월경하는 느낌이에요!"라고 해줬다. 트랜스 여성으로서 비트랜스 여성들과 공감대를 형성하는 느낌이었다. 당분간은 일상 속에 차별과 혐오의 불편 말고도 불쑥불쑥 흘러내리는 장액과 피

192

의 불편이 추가될 터였다. 이반지하 아버지의 표현을 빌리자면, 2000만원을 들여 조금이나마 여성 '비슷한 것'이 된 기분이었다. 비로소 수술이 잘된 느낌이 들었다.

그렇게 수술 후 9일 차가 되었고 드디어 퇴원을 했다. 이제 한국으로 돌아가기 전에 근처 숙소에서 수술 부위를 관리하며 경과를 지켜보는 일이 남아 있었다. 천천히 중심을 잡으며 걷는 게 가능할 정도로 회복이 되었다. 그래도 아직은 누워 있는 게 편했다. 음식은 마음대로 먹을 수 있지만 소화가 잘 되지 않아 조금씩만 먹었다. 대소변을 본 후엔 꼭 수술 부위를 물로 닦아주어야 했다. 잔여물이 부작용을 일으킬 수 있기 때문이었다. 수술 부위를 물로 닦고 나면 소독을 하고 약을 발라야 했는데, 이 번거로움을 피하려고 최대한 적게 먹었다. 어딘가로 외출할 생각은 들지 않았다. 2~3일간은 누워 있거나 가끔씩 방 청소를 하며 몸을 움직였다. 수술을 거치며 온몸에 근육이 다 사라진 느낌이었다. 걸을 때마다 너무 힘이 들어서, 한걸음 한걸음 내딛을 때마다 정말 많은 근육의 움직임이 필요하다는 걸 새롭게 체감하게 되었다. 그래도 퇴원 후 3일 뒤, 나는 숙소 근처 편의점까지 갈 수 있을 정도로 회복됐다. 촬영팀과 함께 10분 정도 비포장도로를 걸었다. 너무 힘들었지만 편의점에 도착했을 때는 일단 이만큼 했다는 게 기뻤다.

편의점 방문을 시작으로 본격적으로 걷는 연습을 했다. 숙소 안에서는 왔다 갔다하며 청소를 했다. 외출할 때는 꼭 멀리 가지 않더라도 5분 거리의 성당까진 걸어가보려고 했다. 수술을 하고 나니 새로 만든 질의 감각뿐 아니라 내 몸의 사소한 점들이 구석구석 재발견되고 새롭게 느껴졌다. 앉았다 일어나는 일이 점차 쉬워졌다. 어지러움이 줄어들었고 피부가 살아나고 손톱이 다시 자라기 시작했다. 몸이 회복되고 있음을 고스란히 느꼈다.

그렇게 또 일주일이 지나 진료받는 날이 되었다. 다행히 수술 부위는 잘 아물고 있었다. 이상 증세는 발견되지 않았다. 의사 선생님은 한국으로 귀국이 가능하다는 서류와 함께 수술 확인서를 발급해주었다. 몇글자 적혀 있지 않은 이 간단한 서류로 성별정정이 가능해진다니! 수술 확인서를 손으로 만지는 순간 나에게 일어난 커다란 변화를 실감했다. 수술 없이 성별 정정이 된 판례가 많아지고 있지만, 여전히 일부 법원에선 과도하게 생식기 제거술을 포함한 수술까지 요구하는 경우가 있다고 했다. 그렇다면 그런 법원들쯤이야, 이 서류로 다 무찔러 줘야겠다고 생각했다. 앞으로 나의 일상이 많이 달라질 거라는 기대감이 마음속에서 조금씩 피어올랐다.

짧은 수술,
긴 회복

드디어 한국으로 돌아가는 비행기를 탈 때가 되었다. 수술 후 한국으로 돌아올 때는 꼭 비즈니스석으로 비행기를 예약하라는 언니들의 꿀팁을 따랐다. 그러다보니 귀국할 때는 몸의 아픔보단 난생처음 비즈니스석을 타본다는 설렘이 컸다. 업그레이드된 서비스와 환대! 맛있는 기내식! 편히 누울 수 있는 넓은 좌석! 비행기에 타자마자 일단은 피곤하니 잠시 자고 나서 비즈니스석의 즐거움을 누려야겠다고 생각했다. 병원에서 준 수면제와 진통제를 먹고 비행기 좌석을 뒤로 넘기곤 그대로 잠이 들었다. 하지만 푹 자고 일어났을 때엔 이미 여섯시간의 비행이 끝나 있었다. 곧 착륙을 한다며 의자를 바로 세우라는 안내 방송이 들려왔다. 아쉽지만 어쩔 수 없었다. 그래도 한국으로 무사히 돌아왔으니 다행이지 뭐.

수술받은 환자다보니 휠체어 서비스를 이용해 비행기에서 내렸다. 하지만 바로 집에 갈 순 없었다. 코로나19 시국인지라 우선 지침에 따라 선별진료소에 가야 했다. 연분홍치마 촬영팀의 도움으로 서대문구청 옆의 선별진료소로 갔다. 순서를 기다려 검사를 받고 나서야 집으로 돌아갈 수 있었다. 드디어 돌아온 집. 문을 여니 강아지들 온이와 열이가 보였다. 갑자기 펑펑 눈물이 났다. 룸메이트는 집을 축하 풍선과 장식으로 꾸며놓고 나를 기다리고 있었다. 따뜻한 환대였다. 하지만 기쁨도 잠시, 다시 고통이 찾아왔다. 몸이 아프니까 뭘 먹지도 못했다. 일주일의 격리 기간도 지켜야 했다. 일주일 동안 계속 체온 측정을 한 결과를 제출해야 했고 진료소로 검사를 받으러 가야 했다. 고통 때문에 그냥 침대에서 잠이 들 순 없었다. 그때마다 넷플릭스를 보는 게 도움이 됐다. 힘든 몸을 이끌고 매트리스를 TV 앞에 놓은 뒤 그위에 누웠다. 넷플릭스를 보며 다일레이션을 했다. 집중이 잘되진 않았지만 그나마 시간이 빨리 흐르는 느낌이었다. 이때 봤던 드라마는 「모던 패밀리」였다. 시리즈 1화를 보면서 다일레이션을 하는데, 내용도 모른 채 순식간에 3화가 시작되고 있었다. 생각 없이 볼 수 있어 좋았다.

수술 후에는 하면 안 되는 것들이 꽤 많았다. 우선 수술 부위에 부담이 가는 쪼그려 앉기 같은 자세들을 하면 안 됐다. 세균 감염의 우려 때문에 수술 전엔 자주 다니곤 했던 찜질방도 못 갔고 좋아하는 매운 음식도 금지였다. 한동안은 친구들이 보내준 죽이나 탕 같은 음식으로 끼니를 때웠다. 이 희고 묽은 음식들이 지겨워질 때쯤, 편의점에서 매운 핫바를 발견하곤 도전해보기로 했다. 자극적인 음식을 먹고 싶었다. 하지만 한입 넣자마자 후회를 했다. 맵기가 청양고추 정도일 줄 알았던 핫바는 불닭 맛이었다. 배 속에 독극물이 들어간 느낌이었다. 이전에도 장염에 걸려 배앓이를 하고 설사를 한 적이 있지만, 이렇게나 배를 쥐어짜는 고통은 처음이었다. 계속 화장실을 들락거리며 어제 과음해서 속이 안 좋은 사람처럼 끊임없이 설사를 했다. 그렇게 이틀을 고생했다. 다행히 소중한 내 친구 레즈왕 려수(정말 멋진 레즈비언이라서 내가 '레즈왕'이라고 부른다)가 속을 달래라며 초콜릿 케이크와 간식, 지사제를 보내주었다. 그것들을 먹고 겨우 회복을 했다. 매운 음식은 먹으면 안 될 뿐 아니라 먹을 수도 없다는 걸 온몸으로 깨달았다.

집에서 자가관리를 하며 회복을 하다보니 하루는 수술이 진짜 잘되었는지 확인해보고 싶었다. 의사 선생님은 수술이 잘됐다고 이야기했지만, 나는 정말로 그런지 알 길이 없었다. 거울로 수술 부위를 봐도 피와 실밥, 붓기로 가득해서 상처가 제대로 낫고 있는지 확인하기 어려웠다. 더구나 시스젠더 여성의 성기를 본 적이 없으니, 새로 만들어진 나의 질 모양이 제대로 잡혀 있는지도 궁금했다. 생각 끝에 나는 레즈비언 친구들의 도움을 받기로 했다. 지연과 현숙은 우리 집에 친히 방문해 내 수술 부위를 살펴봐주었다. 아주 유심히 들여다보던 두 친구는 "현대 의료 기술이 정말 대단하구나!"라는 감탄과 함께 깔끔하게 수술이 잘된 것 같다고 말해주었다. 다방면으로 경험과 경력이 많은 프로 레즈비언 친구들이 오케이를 해주니 안심이 되었다.

수술 후 3개월이 지나자 내 몸은 새로운 고통에 휩싸였다. 앉아 있을 때 계속 피가 흘러나와서 방석 위에 종일 패드를 대고 있어야 했다. 수술 부위는 손으로 만질 수도 없을 만큼 예민한 상태였고 소변을 보고 나선 상처 부위에 물기가 묻는 것을 막기 위해 드라이기로 말려야 했다. 다일레이션 후에 하는 질 세척을 늘 잘해오고 있다고 생각했는데, 점점 수술 부위에서 이상한 냄새가 났다. 거울에 비춰보며 소음순 부분을 유심히 살피니 이물질이 쌓여 있었다. 혹시나 수술이 잘못되었나 하는 걱정에 바로 태국의 의사 선생님에게 전화를 걸었다. 다행히 선생님은 있을 수 있는 일이라고 했고, 다만 절대 수술 부위를 만지지 말라고 했다. 언니들에게도 같은 충고를 들었는데 그래도 나는 찝찝한 느낌에 면봉으로 이물질을 열심히 빼냈다. 뭐가 잘못된 건 아닌지, 수술 부위 상태가 나빠진 건 아닌지 계속 걱정하는 나에게 언니들은 이렇게 말했다. "이제 알았지? 여자로 살기 쉽지 않다, 여자는 원래 힘든 거야."

얀희병원에서 받아 온 약은 한달 분량이었다. 철분제, 항생제, 진통제를 포함한 다섯가지의 약을 먹다가 한달 뒤부턴 진통제만 먹었다. 다일레이션을 하기 전 진통제를 먼저 먹으면 좀더 편하게 할 수 있었다. 그래도 여전히 다일레이션은 힘들었다. 중간 사이즈의 다일레이터가 계속 질 속으로 들어가지 않아 스트레스를 받고 있는 상태였다. 질은 다일레이터를 자꾸 밀어내다 못해 뱉어내고 있었다. 얼마나 탄력이 있는지, 신기할 정도의 힘으로 한번에 다일레이터를 '퐁' 하고 밀어내버렸다. 내 장의 뛰어난 탄력성을 기뻐해야 하는 건지 슬퍼해야 하는 건지 헷갈렸다. 다일레이터는 스몰부터 미디엄, 라지, 엑스라지까지 마치 옷 사이즈처럼 네가지 사이즈가 있다. 태국의 의사 선생님은 수술 후 3개월 동안만 스몰 사이즈의 다일레이터를 쓰고 이후 한달 간격으로 더 큰 사이즈의 다일레이터를 쓰라고 했다. 하지만 도저히 그 속도로 진행할 용기가 나지 않았다. 내 몸이 유난히 다일레이터로 인한 출혈과 통증을 심하게 겪고 있는 것 같기도 했다. 그래서 매달 (수술 후 회복이 잘 이루어지고 있는지, 질 협착이나 염증이 생기진 않았는지) 확인 진료를 받고 있던 순천향대학교 서울병원 젠더클리닉의 이은실 교수님과 상담을 했다. 교수님은 다일레이터 크기를 키울 엄두가 나지 않으면 계속 작은 사이즈로 해도 된다고 말해주었다. 크기에 대한 강박을 버려도 된다는 뜻이었다. 교수님은 다일레이션을 절대 급하게 진행할 필요가 없다고, 어차피 다일레이션의 가장 큰 목표는 질 협착이라는 부작용을 막는 것이기 때문에 작은 사이즈의 다일레이터로 꾸준히 하는 게 중요하다고 했다. 그래서 교수님과 다일레이션 계획을 다시 잡았다. 어차피 만들어진 질은 속도가 느리더라도 점차 크기가 확장될 테니 6개월까지는 작은 사이즈의 다일레이터를 쓰고 예후를 봐서 나중에 더 큰 사이즈의 다일레이터를 써보기로 했다.

강아지 둘을 키우다보니 다일레이션을 할 때 여러가지 애로 사항이 생겼다. 다일레이션을 하려고 TV 앞 침대에 누워 있으면 내가 자려는 줄 알고 온이와 열이가 내 몸에 붙었다. 특히 따뜻한 다리 사이에 자주 누웠는데, 강아지들 체온 때문에 수술 부위에 자꾸 땀이 나고 다일레이터에 강아지 털이 묻어서 곤란하기도 했다. 한번은 젤을 사용해 다일레이션을 하고 있는데, 온이가 내 팔에 매달리다가 젤을 다 뒤집어쓴 적도 있었다. 그때 온이에게 너무 미안한 감정이 드는 한편, 강아지들이 다일레이션을 하고 있는 나를 보면 어떤 생각이 들까 싶기도 했다. 엄마가 누워서 뭘 하는 건가 싶지 않을까. 나도 다일레이션을 할 때면 '나는 누워서 뭘 하는 건가……' 싶은 생각이 들기도 했으니까.

　이런저런 우여곡절이 많았지만 수술 후 4개월째가 되자 수술 부위는 확실히 조금 덜 아파졌다. 상처도 많이 아물어 신경통이 꽤 가라앉았고 손으로 만져볼 수 있을 정도가 되었다. 거울로 살펴보면 여전히 완전한 회복까지는 멀었다 싶었지만 전보다는 훨씬 말끔해져 있었다. 소변 보는 자세도 편해졌고 걸어서 멀리 이동하는 것도 가능했다. 여전히 살짝 아프긴 했지만 방석 없이도 앉을 수 있게 되었다. 친구들과 오랜만에 찜질방에 다녀왔다. 뜨거운 탕에 들어가도 괜찮았다. 본격적으로 성별정정을 준비하기 위해 법원과 구청 등을 돌아다녔고 친구들과 함께할 1박 2일의 짧은 제주도 여행도 계획했다. 다일레이션은 하루를 빼먹어도 그리 힘들지 않을 정도로 덜 고통스러워졌다. 이젠 요령이 늘어 다일레이션 마스터가 되다시피 했다. 이전엔 병원에서 준 주사기에 식염수를 넣어 깊지 않은 질강 내부만을 세척했다면, 이제는 본격 관장용 주사기를 사용해 더 깊은 곳까지 세척할 수 있었다. 여전히 이물질은 흘러나왔지만 수술 부위가 꽤 확장됐구나 싶은 생각이 들었다.

수술은 짧고, 회복은 길었다. 외부 성기에 대한 나의 디스포리아는 이제 웃으며 애기할 수 있을 정도로 옅어졌지만 수술 후 삶의 불편함이 많아졌다. 생리대가 살에 쓸려서 아플 때, 소변을 보고 나서 찝찝함을 느낄 때, 앞으로 내 질에 생길 수 있는 여러 문제나 냄새를 괜히 예민하게 걱정하게 될 때 수술로 얻은 것도 있지만 잃은 것도 많다는 생각이 든다. 좀더 젊을 때 수술을 했더라면 새로운 몸으로 자신있게 연애도 하리라 생각했겠지만, 삼십대 중반에 수술을 하다보니 체력적으로도 힘들어서 그런 기대는 없어졌다. 다만 신분증을 꺼내야 할 때마다 느꼈던 곤란함과 작별할 수 있다는 게 가장 좋았다. 편해지고 싶었다.

지금 와서 수술 과정을 되돌아보면 아쉬운 점도 있다. 병원의 의사나 간호사 선생님들과 수술 상담을 할 때 보통 남자들 사이즈가 이 정도이니 질 크기도 이 정도로 하면 된다는 말을 들어서, 나도 이를 제지하지 못했다는 것이다. 또 병원에서 내 질의 관리 방법을 알려주기보다는 이렇게 수술하면 (남성) 상대방이 좋아할 것이라는 말을 더 많이 들었다는 것도 그렇다. 그런 말을 듣고 있자면 '내 성기는 내 것이 아닌가?' '내 질은 원활한 성관계만을 위해, 남성의 외부 성기를 위해서 만드는 것인가?'라는 생각이 들어 씁쓸하고 아쉽기도 했다.

한편으로는 내가 시스 여성을 따라잡으려 하고 있다는 생각에도 시달렸다. 다일레이션을 한다는 것만으로도 시스 여성과는 다르다는 생각, 완벽한 여성에 가까워지기 위해 이 과정을 수행하는 게 아닌가 싶은 생각이 들었던 것이다. 나는 아직도 새로 만들어진 나의 질이 어색하다. 이질적인 신체가 내 안에 들어와 있는 것 같다. 나는 가짜 여성이 아닐까 하는 의심이 머릿속에서 아무리 지우려고 해도 계속 떠오른다. 누군가 수술 후 행복하지 않느냐고 묻는다면, 나는 여전히 딜레마를 겪고 있다는 대답을 솔직하게 들려줄 것이다.

사실 몇십 년 전까지만 해도 트랜지션은 상상 속 일이었을 것이다. 지금도 내가 성확정수술을 받았다는 사실이 믿기지 않는다. 막 트랜지션을 시작했을 무렵 나이 예순을 바라보는 트랜스젠더 언니와 커피를 마시고 이야기를 나눈 적이 있다. 언니는 젊었을 때 일찌감치 트랜스젠더로 살기로 마음먹었고 일본에 가서 이른바 '문신 오빠'들에게 일본어를 배우고 열심히 일해 수술비를 벌었다. 그러곤 한국에 돌아와 이태원 트랜스젠더 바에서 오래 일하며 살아왔다. 이태원 퀴어 역사의 산증인 같은 이 언니에게선 과거 트랜스젠더들 이야기를 많이 들을 수 있었다. 당시엔 CD, 게이, 트랜스젠더 같은 '수입 용어'가 없을 때라 서로를 '더덕'이라 불렀다고 했다. 업소에서 일하다 풍기문란을 단속하는 경찰만 오면 뒷문으로 도망을 쳤고, 어쩌다

잡히면 며칠 수감되어 있다가 나오기도 했다고 한다. 언니는 트랜스젠더로서 어떻게 살아야 할지 누구도 자신에게 가르쳐 주지 않았다고 했다. 누군가에게 방법을 물어볼 수도 없는 삶이었다. 매일매일이 그야말로 새로운 경험이었다고 했다.

자신의 이야기를 이어가던 언니는 내 손을 꼭 잡으며 이렇게 말했다. "네가 참 부럽다. 너의 젊음과 시간, 가능성이 부럽다." 온갖 회한이 담긴 말이었다. 언니는 나를 보면 자신이 과거에 불가능하다고 믿었던 삶이 어느정도 가능해진 것이 신기하다고 말했다. "너는 네가 원하는 모습으로 사는 게 쉽진 않지만, 가능하잖아." 언니는 지금보다 더 어려운 시절을, 온갖 손가락질을 당하며 살아냈으리라. 언니의 슬픈 표정에서 설명할 수 없는 안타까움과 함께 이상한 안도감을 강렬하게 느꼈다. 지금 힘들다고 느끼는 내 삶이 과거의 누군가에겐 꿈 같은 일이었겠지. 슬프지만 그런 과거를 살았을 트랜스젠더 언니들을 위해서라도 지금 내가 가지고 있는 것에 집중하고 나의 삶을 확실히 증언하며 살아가는 게 여러 사람의 도움을 받아 지금까지 운 좋게 살아낸 '젠더' 된 도리 아닐까 한다. 트랜스젠더라고 손가락질받아도 세상엔 얼마나 의미있고 또 놀라운 일이 많은가. 내가 찾아내리. 트랜스젠더로서 경험할 수 있는 세상 모든 경험을 다 하고 가리라. 그리고 트랜스젠더로 온전히 살아간 그 삶을 가시화하리라.

4장

누구에게나
보물지도는 있다

성별정정의 길

12년 만에 시드니

자기만의 보물지도를 펼쳐서 삽시다

성별정정의 길

"무엇이 가장 불편하세요?"

수술 후 4개월이 지나자 몸이 가벼워진 느낌이었다. 성별정정을 준비할 때가 되었다는 생각이 들었다. 한국성적소수자문화인권센터 비온뒤무지개 프로젝트에서 후원하고 공익인권변호사모임 희망을만드는법(약칭 '희망법')과 성적다양성을 위한 성소수자모임 '多씨'에서 제작한 트랜스로드맵(transroadmap.net)이라는 사이트가 큰 도움이 되었다. 트랜스젠더를 위한 성별변경과 의료적 조치에 대한 정보, 인권침해 대응 방안과 해외 사례가 잘 정리되어 있고 국내외 변호사와 연구자로 구성된 SOGI(성적지향·성별정체성) 법정책연구소의 자문을 거친 신뢰할 만한 자료들을 담고 있는 사이트다.

여기에는 대법원 예규 및 법원 실무를 참고해 정리된 필요 서류가 열네가지나 안내되어 있다. 신청서와 가족관계등록부의 기본증명서, 가족관계증명서, 주민등록등(초)본 네가지는 필수로 제출해야 하고, 출입국 증명서, 혼인관계증명서, 정신과 진단서, 의사 소견서, 성장환경진술서, 인우보증서, 인우보증인의 주민등록등본, 신용정보조회서 등은 2020년 3월 대법원 예규 개정으로 참고 서면으로 바뀌긴 했지만 대체로 함께 제출해야 한다. 서류를 준비하며 제일 의아했던 건 성확정수술을 받았다는 의사의 수술 확인서가 있는데 의사 소견서를 또 제출해야 한다는 점이다. 의사 소견서의 내용은 현재 나에게 생식능력이 없고, 앞으로도 생식능력이 발생하거나 회복될 가능성이 없음을 증명하는 것이어야 했다. 재전환 가능성이 없음을 밝히는 내용을 포함하면 더 좋다고 했다. '나는 범죄를 일으키지 않는 무해한 트랜스젠더다' '사회에 혼란을 일으키지 않는 모범 트랜스젠더다'라는 사실을 계속 증명하는 과정 같았다.

이렇게 준비한 서류는 등록기준지의 지방법원에 제출해야 했는데, 내 본적지인 강원도 춘천까지 왔다 갔다 하기엔 너무 멀었다. 그래서 등록기준지를 서울 서대문구의 현재 집주소로 옮기고 나서 서울지방법원에 성별정정 신청을 했다. 그때가 2022년 6월 초였고, 두달 정도를 기다려 8월 29일 심문 기일이

잡혔다는 안내를 문자메시지로 받았다. 동시에 개명 신청도 준비했다. 성별정정 후 주어질 새 신분증을 새 이름으로 받고 싶었다. 보통 성별정정이 3개월 정도 걸리고 개명에는 2개월이 걸린다고 했다. 그래서 성별정정 신청 후 한달 뒤에 온라인으로 개명 신청을 했다. 문제는 개명 허가 판결이 한달 만에 났다는 것이다. 법원에 이미 제출한 서류는 개명 전 이름으로 되어 있었기에, 개명을 증명하고 동일인으로 확인받기 위한 추가 서류를 부랴부랴 준비해야 했다. 이런 절차를 거치다보니 금방 심문 기일이 하루 앞으로 다가왔다. 변호사 친구들과 군인권센터 소장님이 연락을 주었다. 법원에 갈 때는 최대한 사회가 여성에게 요구하는 옷차림을 준비하라고 했다. 판사들은 내가 주민번호 앞자리 2번으로 잘 살아갈 수 있을지를 확인하고 싶을 거라고 했다. 단순한 디자인의 점잖은 바지를 입고 갈 계획이라고 했더니 구두를 신고 원피스를 입어야 한다고 조언을 받았다. "에디, 이번만큼은 누가 봐도 여성스러운 구두를 신고 화장도 하고 가요. 가서 조신하게 있어야 해요. 사회가 여성한테 기대하는 것처럼."

2023년 8월 29일 오전 10시, 나는 1년에 한두번 신는 굽 높은 구두를 신고 또각또각 발소리를 내며 법원에 도착했다. 심문은 10시 30분에 시작될 예정이었다. 걸어서도 15분이면 갈 수 있는 거리였지만 괜히 긴장되는 마음에 택시까지 탔다. 재판 장소엔 나보다 먼저 두명이 대기하고 있었다. 스크린에 내 이름과 그들의 이름이 나란히 띄워져 있었다. 모두 트랜스젠더 동지들인 것 같았다. 커뮤니티에서 봤던 글이 떠올랐다. '그래, 이 법원은 주로 월요일에 성별정정 신청을 심기한다고 했지……'

내 순서는 두번째였다. 판사는 우선 이름과 생일 등 기본적인 신분 정보를 확인했다. 그리고 "언제부터 자신을 여성이라고 인식했나요?"라고 내게 물었다. 문제적인 질문이었다. 지금의 나를 여성이라고 생각하지 않는다는 전제가 깔려 있었기 때문이다. 하지만 판사의 심기를 거슬러 좋을 것이 없으니 따로 반문하진 않았다. 다만 나는 어렸을 때부터 성별에 관한 질문을 받을 때마다 늘 답하기 어렵다는 생각을 했고, 2차 성징이 일어나기 시작할 때쯤부터 내 몸을 부정했다고 솔직하게 답했다. 두번째 질문은 "좋은 일을 하셨네요?"였다. 청소년 성소수자들을 위한 띵동 활동과 트랜스젠더 인권 증진을 위한 활동 이력을 보고 던진 물음이었다. 나는 나와 비슷한 어려움을 겪는 성소수자들을, 특히 비슷한 성장 단계를 밟았을 청소년들을 돕고 싶었다고 밝혔다.

여기까진 순조로웠는데 그다음 질문은 조금 곤란했다. "군대에서 자살 시도를 하셨네요?" 나의 과거 인터뷰 기사를 모아 컬러로 출력해 제출했었는데, 그걸 읽고 던진 질문이었다. "살고 싶지 않다는 생각을 할 정도로 군 생활이 힘들었던 것은 사실입니다. 하지만 기사를 잘못 보신 것 같네요. 저는 자살 시도를 한 적은 없습니다. 군 복무 중엔 누구나 살고 싶지 않다는 생각이 한번쯤 드는 순간이 찾아오지 않나요? 저도 그랬던 것 같습니다." 이렇게 답했더니 판사들은 웃으면서 처음으로 뭔가를 종이에 끄적이기 시작했다. 마지막 질문은 "무엇이 가장 불편하세요?"였다. 일단 내 몸과 계속해서 싸우고 있고, 내가 표현하는 성별과 주민등록상의 성별이 일치하지 않아 일상생활에서 어려움을 겪고 있다고 말했다. 신분을 확인받아야 하는 순간이 찾아올 때마다 남들보다 더 많은 설명을 해야 하고, 의료진단서를 갖고 다니면서 나의 존재를 증명하는 일이 힘겹다고 말했다. 덧붙여 나의 존재를 혐오하는 이들과 마주칠까봐 늘일상에서 긴장감을 느끼고 있다고 고백했다. "그러시군요. 어려우실 것 같습니다."

이 문답이 끝날 때까지 채 8분도 안 걸렸던 것 같다. "감사합니다." 짧고 정중하게 인사하고 허무한 마음으로 방을 나섰다. 복도에 놓여 있던 벤치에 앉아 "이게 끝이야?"라며 혼잣말을 되뇌었다. 이날도 연분홍치마 촬영팀은 영상을 위해 나와 동행하고 있었다. 곁에 있던 촬영감독님이 이야기했다. "재판 결과가 좋을 때는 보통 질문을 많이 하지 않고 형식적으로 끝내는 경우가 많더라고요. 오히려 부정적인 결과가 예상되는 경우엔 시간을 들여서 질문을 많이 하고요." 나는 그래도 희망이 있을까 하는 마음으로 법원 문을 나섰다. 성별정정 허가를 받지 못하면 어쩌지, 정정까지 생각보다 시간이 더 오래 걸리면 어쩌나, 하는 걱정을 한아름 안은 채였다.

드디어 허가!

시간이 느리게 흐르는가 싶더니 어느새 금요일이었다. 나는 떡볶이를 먹고 있었다. 갑자기 휴대폰 진동이 울렸다. 성별정정 허가 문자였다. 확인하자마자 신나게 친구들에게 자랑을 했다. 그리고 열흘 후 등기우편으로 판결문을 받았다. 가족관계증명서상의 성별정정을 위해서는 그 판결문을 스캔해 구청에 신고해야 했다. 일주일 정도 기다리니 처리가 되었다는 문자가 왔다. 서대문구 주민센터에선 이제 정정이 잘 되었으니 주민등록번호 변경을 신청하라는 안내 전화를 주었다.

신분증 사진을 찍으러 갔다. TV에 나왔다는 유명 사진관에 가서 증명사진과 여권사진을 찍었다. 거기서 처음으로 사진 보정도 받아봤다. 사진사 선생님의 사진 보정술은 의료적 트랜지션을 한번 더 받기라도 한 듯 내 증명사진에 엄청난 변화를 가져왔고, 나는 그 모습이 마음에 들었다. 그것을 구청에 제출하니 종이로 된 주민등록증 발급 확인서를 주었다. 이 한장의 종이를 받기까지 그토록 많은 노력이 필요했다니. 거의 다 왔다는 생각에 기쁘긴 했지만, 아주 극적인 기쁨은 아니었다. 다시금 새로운 걱정이 시작되었다. 지금 집주인에게는 내 신원이 변경됐다고 어떻게 설명하지? 휴대폰 명의, 은행 계좌 명의는 다 언제 바꾸지……?

우선 휴대폰 명의 변경부터 했다. 주민등록초본과 임시 신분 확인서만 있으면 되는 간단한 일이었다. 일은 '명의 이전'처럼 진행되었다. 이벤트 기간에 받은 무료 데이터 50기가바이트는 포기해야 했다. 그러곤 바로 은행, 카드, 보험, 각종 포털사이트 명의 변경을 줄줄이 신청했다. 대체로 순조로웠으나 보험사에서 이상한 칭찬을 받기도 했다. 어떤 직원은 성별정정을 축하한다며 트랜스젠더들이 명의 변경을 하러 많이 오는데 내가 가장 티도 안 나고 목소리도 좋다고 했다. 트랜스젠더는 이렇게 어딜 가나 대놓고 평가를 받는다. 그밖엔 다행히 "커피 드실래요?"라는 질문만 돌아왔다. 이게 바로 판결문의 힘인가 싶었다.

그후의 변화

새로운 신분증을 받고 나서 내 삶에 극적인 변화는 일어나지 않았다. 이곳저곳에 내 신원을 정정하고 다니느라 귀찮고 고생스럽기도 했다. 하지만 고생한 보람이 있긴 했다. 신분을 확인할까봐 감히 갈 수 없었던 곳에 자유롭게 갈 수 있었다. 그중 한곳이 헬스장이었다. 여전히 샤워실에서 몸을 씻기는 어렵지만 남들이 나를 어떻게 볼까 하는 두려움만은 줄어들었다. 마음에 드는 월셋집을 발견했지만 집주인이 신분증을 보고 거절하면 어쩌지 하는 걱정이 들 때, 바리스타 기술 등 배우고 싶은 것이 있어 학원에 등록할 때, 그리고 남들은 굳이 하지 않아도 되는, 내 존재와 정체성에 대한 추가적인 설명을 해야 할 때…… 일상에서 수시로 느끼던 긴장감이 사라졌다. 그런 긴장을 느낄 만한 순간이 반드시 찾아올 거라는, 늘 마음속에 도사리고 있던 걱정도 꽤 사라졌다.

　친구들은 성별정정을 함께 기념해주겠다며 큰 스파에 나를 데리고 가주었다. 목욕탕이야말로 이전엔 내가 감히 가볼 엄두를 낼 수 없는 곳이었다. 뭐, 큰 흥미가 있는 건 아니었지만. 생각보다 목욕탕은 함께 목욕하며 떠드는 사람들의 목소리로 시끄러운 곳이었다. 어른들과 함께 목욕하러 온 아이들이 많았다. 온탕이나 열탕만 있는 게 아니라 냉탕과 황토탕도 있었다. 쑥방과 맥반석방도 즐길 수 있었고 만화책을 보며 구운 계란과 식혜도 먹을 수 있었다. 목욕을 하며 이렇게나 많은 것을 즐길 수가 있다니, 우리나라의 목욕탕 문화는 참 좋구나. 내 몸에 남은 수술 자국이나 비트랜스 여성들과는 다른 걸음걸이가 크게 의식되진 않았다. 그냥 내게 남아 있는 약간의 외모 강박 때문에 누가 나를 보고 속으로 '쟤 가슴 수술했네!' 하며 알아보면 어쩌지, 라는 걱정을 조금 했을 뿐이다. 이전엔 가볼 수 없었던 곳에 왔기에 지금, 여기서 할 수 있는 소중한 걱정이었다. 트랜스젠더인 나보다는 오히려 함께 간 부치 친구가 목욕탕을 더 곤란해하는 것 같았다. 짧은 머리만 보곤 남자인 줄 알고 깜짝 놀라는 중장년 여성들의 오해를 친구가 매번 풀어줘야 했기 때문이다. 음, 성별이분법적인 시선은 트랜스젠더뿐 아니라 우리 레즈비언 부치 언니들에게도 부정적으로 작용하겠군. 나는 부치 친구에게 동병상련을 느끼면서도 그 순간만큼은 나보다 그 친구가 더 안쓰러웠다.

> **에디** 친구야, 너도 참 힘들겠다. 지금은 너보다 수술한 내가 상황이 나은 거 같아.
>
> **부치** 부치 인생도 참 쉽지 않아. 이런 나와 함께 와줘서 고마워.
>
> **에디** 사람들이 나보다 너를 더 많이 쳐다보는 거 같아. 이젠 내가 너를 지켜줘야 할 거 같아.
>
> **부치** 알면 됐어, 즐겨.

12년 만에
시드니

이번엔 '박서연'으로

2023년 2월 19일 호주 시드니에 도착했다. 2011년 이후 다시 돌아온 셈이니 12년 만의 방문이다. 성소수자의 일상을 보고 싶어 선택한 나라. 세계 최대 규모의 성소수자 축제이자 50년에 가까운 전통의 퍼레이드 마디그라가 열리는 도시 시드니. 생애 첫 해외여행지도 호주였는데 성별정정을 하고 나서 처음 방문하는 나라도 호주라니……. 호주 땅에 발을 딛자 운명이 내게 보내는 신호가 느껴졌다.

성확정수술 후 회복 과정에서 극심한 통증과 서러움이 밀려올 때면 내가 바라는 것을 생각하곤 했다. '몸이 다 나으면 호주에 갈 거야. 호주 전체를 걸을 것이다. 나는 지금 호주에 가기 위한 비용을 돈 대신 통증으로 지불하는 중이다' 이렇게 호주 여행 계획이 스스로에게 주는 보상인 것처럼 자기 최면을 걸곤 했다. 마침 나는 성별정정 후 '박서연'이라는 새 이름을 쓰게 됐다. 한자로 풀면 차례 서(序), 예쁠 연(娟) 자를 쓴다. 운이 순조롭게 풀려 순탄한 생활을 하면서도 성공과 영화를 누리며 이름을 사방에 떨치게 된다는 뜻이다. 보통의 삶을 꿈꾸면서도 특별한 사람이 되고 싶은, 나의 이중적인 욕망과 딱 맞아떨어지는 이름이다. 친구들이 화곡동의 유명한 무속인에게 부탁해 작명해준 소중한 이름이기도 하다. 나는 내 과거의 흔적이 남아 있는 호주에 '박서연'이란 이름으로 새롭게 다시 한번 가보고 싶었다. 그곳은 얼마나 달라져 있을지, 또 그곳에 가면 어떤 감정들을 느낄지 궁금했다.

이번 여행이 지난 호주 여행과 다른 점이 있다면, 이번엔 혼자가 아니라는 것이었다. 성소수자 인권 증진을 위해 다양한 방법으로 사회와 한바탕하고 계신 활동가들과 함께였다. 서울퀴어문화축제, 비온뒤무지개재단, 한국성적소수자문화인권센터, 큐앤에이 등에 몸담고 있는, 평소 존경하던 선생님들이라 여행 내내 감히 편한 호칭을 쓰진 못했지만 이 책에서만큼은 그분들을 친구라 부르고 싶다. 이 멋진 친구들과 10일간의 여행을, 그리고 18일간의 나 홀로 여행을 합해 총 28일간의 호주 여행을 계획했다.

　시드니 공항에서 출발해 시드니 도심에 도착할 때까지 그 모든 순간이 기억에 남는다. 친구들과 함께 사진을 찍고 장을 보고 숙소에서 다음 날 일정을 계획하고 하루를 나누는 자리는 12년 전 호주에 왔던 온열이에겐 상상 속의 장면이었다. 내게 벌어지고 있는 그 모든 순간이 선물 같았다. 처음으로 단체여행을 하는 거라 어려운 점도 물론 있었지만 사람들과 함께하니 즐거운 순간이 훨씬 더 많았다. 특히 아침 6시에 일어나 평소 흠모하던 부치 선생님과 함께 카페에 가는 일은 내 성적지향을 바꿀 수도 있겠다는 생각이 들 만큼 매력적이고 즐거운 일이었다. 다만 둘 다 나이가 있는지라 수혈을 받는 심정으로 커피를 찾았다는 게 슬펐지만 그것마저 참 좋았다.

나의 트랜스젠더 룩

　시드니 주변에는 해변이 많다. 그래서 수영복을 준비해 왔다. 사실 수영은 배워본 적도 없고 배우려고 하지도 않았다. 몸에 물이 닿아야 하는 스포츠나 레크리에이션은 언제나 내 몸을 다른 이들에게 드러내야 한다는 걱정에 수술을 하기 전까진 스스로에게 절대 허락하지 않았었다. 그래서 수영은 전혀 할 줄

몰랐다. 하지만 이번엔 꼭 바닷물에 몸을 담그고 싶었다. 수영복을 고를 때 고민을 많이 했는데 노출이 많은 비키니는 영 끌리지 않았다. 내 몸을 편하게 움직일 수 있는 스포츠웨어 느낌의 수영복을 골랐다. 입어보니 예상대로 편했다. 세트로 구성된 투피스로 구성된 수영복이라 얇은 재질의 상의도 입으려 했지만 가슴에 딱 끼어 밑으로 내려가지 않았다. 이것까지 세트로 입어야 살짝 상체를 가려주면서 멋을 낼 수 있는 건데. 결국 어설프게 반만 옷을 입고 물속에 뛰어든 꼴이 되었다. 운동복 바지를 안 입은 것처럼 우스워 보이기도 했다. 그래도 괜찮았다. 같이 수영한 친구들이 (누가 퀴어 아니랄까봐) 다채로운 스타일을 뽐내준 덕에 나로선 비교적 평범한 트랜스젠더 룩을 완성할 수 있었다.

바다에 몸을 담갔다. 수영복이란 걸 입고 물에 몸을 담가본 건 어릴 적 실내수영장에 간 이후 처음이었다. 물놀이를 하러 갈 때마다 오버사이즈 티셔츠와 꽉 끼는 스판 재질의 팬티, 그리고 청 반바지를 입어야만 마음이 편했는데 이번엔 그런 걱정이 들지 않았다. 다른 사람들이 내가 트랜스젠더란 사실을 특별히 의식하지 않는 듯했고 나 역시도 내 모습이 그리 신경 쓰이지 않았다. 그래도 가끔은 혹시 수영복이 벗겨진 건 아닌가 싶어 물 밖으로 나올 때 손으로 재빨리 수영복이 내 몸에 잘 붙어 있는지 확인하긴 했지만. 디스포리아에서 어느정도 벗어났기 때문일까. 확실히 몸에 긴장이 풀리고 신경이 덜 쓰였다.

영광의 상처

얕은 바닷물에 뒤로 누워 하늘을 봤다. 동시에 몸에 힘을 빼봤다. 물속에서 몸에 힘을 뺀다는 게 어떤 의미인지 알게 되었다. 참으로 고요했다. 몸이 물 위에 뜬 나뭇잎처럼 가벼워짐을 느꼈다. 물에 뜬다는 게 신기해서 계속 떠다니다 외국인 아저씨와 가볍게 부딪쳤다. "조심하세요, 레이디." 그는 웃으며 내게 말해주었다. "저 '레이디' 맞아요. 저는 물 위를 떠다니는 레이디입니다." 이렇게 대꾸하고 나니 갑자기 실실 웃음이 나왔다. 친구들 쪽으로 다가가니 다들 나를 보고 뭐가 그리 좋은지 궁금해하는 표정을 하고 있었다. 해변에서 노는 게 이렇게 재미있구나. 하지만 서른여섯살인지라 한시간이 넘으니 금방 체력이 고갈됐다.

해변가로 올라와 잠시 쉬며 온몸에 선크림을 다시 발랐다. 아랫배에 남아 있는 수술 자국이 눈에 띄었다. 질을 만들기 위해 절개한 부분이었다. 그 부분에 연고를 발라주었다. 옆에 앉아 있던 중년의 백인 여성이 나를 보고 고개를 끄덕이며 다 아는 듯한 표정으로 말을 건넸다. "상처가 잘 아물었네요." 아마 내가 제왕절개를 했다고 생각하는 것 같았다. 그러면 어떻고 질을 만들면서 생긴 상처면 어떠리. 별 대꾸는 하지 않고 더욱 자랑스러운 포즈로 연고를 발랐다.

얼마나 시간이 흘렀을까. 갑자기 그 여성이 나를 위해 기도를 해주고 싶다고 했다. 내 눈에 기쁨과 슬픔이 동시에 보인다며. 아차 싶었지만 이것도 인연이란 생각이 들었다. 그래서 좋다고 하니 그분은 나를 위한 기도를 시작했다. 사탄아 물렀거라 하는 소리도 들었다. 낯선 억양의 영어로 읊는 기도 소리였다. 몇마디 전도 말씀도 하는 것 같았다. 평소 같았으면 손사래 쳤을 텐데 마음에 여유가 생겨서 그랬나, 모든 것을 감사하게 받아들였다. 친구들이 멀리서 나를 걱정스레 쳐다보고 있는 시선이 느껴졌다. 그래도 괜찮았다.

기도가 끝나고 감사 인사를 한 뒤 친구들에게 돌아갔다. 모든 일을 웃으며 넘길 수 있었다. 이 시간이 좋았다. 아름답다고 소문난 시드니 맨리 비치에서 나는 내 아랫배에 새겨진 영광의 상처를 만지작거렸다.

드디어 퍼레이드!

그렇게 일주일을 친구들과 즐겁게 보냈다. 매시간 같이 움직이기보단 각자 놀다가 마음 맞는 곳이 생기면 같이 놀러 가는 식이었다. 마침 그해엔 월드프라이드가 시드니에서 개최됐고 마디그라 기간과 겹쳐 곳곳이 축제 분위기였다. 어딜 가든 각종 이벤트가 열리고 있었고, 심지어 장을 보러 마트에 가도 성소수자 깃발이 주렁주렁 걸려 있었으며 장바구니마저 무지개로 꾸며져 있었다. 온 도시가 성소수자를 환대하는 분위기를 처음으로 경험해서인지 어디로 가든 눈이 크게 떠졌다. 어디를 가도 환영받는 기분이 들었다.

거의 한달 동안 시드니 전체가 무지개로 물들어 있었다는 말이 딱 맞을 것 같다. 박물관부터 수족관등 기념품을 파는 모든 곳이 무지개 굿즈들로 채워져 있었고 식당들 또한 서로 경쟁이라도 하듯 퀴어를 지지하는 다양한 색으로 꾸며놓았다. 축제와는 상관없을 것 같은 점잖은 느낌의 음식점도 카운터에 작은 무지개 깃발을 하나 꽂아놓은 것을 보니 무지개가 없으면 지역 사회에서 따돌림이라도 당하는 건가 싶은 생각이 들 정도였다. 길거리에서 만난 홈리스의 강아지도 무지개 목도리를 하고 있었다. 지하철과 트램의 외벽은 성소수자를 지지하는 슬로건과 함께 화려한 드래그퀸과 성소수자들의 사진으로 도배되어 있었고 버스의 범퍼는 무지개와 트랜스젠더 깃발 색으로 꾸며져 있었다. 심지어 정류장에서 볼 수 있는 광고판 중 80퍼센트 이상은 모두 성소수자의 자긍심을 고취하는 광고였다. 그중 숙박 예약 애플리케이션 광고 하나가 눈에 띄었다. "We filter places, not people."(우리는 장소를 걸러줍니다, 사람이 아니라.) 정말 인상적인 문구였다. 사진을 찍고 싶었지만 디지털 스크린 광고라 빠르게 다른 광고로 넘어가는 바람에 촬영 타이밍을 재며 또 쏟아지는 눈물을 닦으며 서 있었다. 지나가는 사람들이 나를 이상하게 쳐다보는 것 같았다. 하지만 부끄럽지 않았다. 이 도시 전체가 나를 위로하는 느낌이었으니까.

축제의 하이라이트인 대망의 퍼레이드 당일이 되었다. 퍼레이드에는 사전 신청자만 참여할 수 있었고, 아쉽게도 우리 일행은 미처 신청하지 못한 상태였다. 그런데 우연히 마주친 다른 나라 행진팀에서 함께 걷자는 제안을 했다. 선물 같은 제안이었다. 그렇게 우리는 갑작스레 퍼레이드에 참여하게 되었다. 세상에, 내가 월드프라이드 행진에 참여할 수 있게 됐다니. 따로 준비한 게 없어 일단 상의를 벗고 무지개 깃발을 온몸에 둘렀다. 오래 걷는 건 힘들었지만 웃음을 잃지 않고 마치 천국을 걷는 듯 행복하게 걸었다. 우리 일행이 입은 한글이 적힌 티셔츠를 보고 관객 한분이 "저도 한국 사람이에요!"라고 외쳐주어 반가운 마음에 맞절로 기쁨과 반가움을 전하기도 했다(그

인파들 속에서 모두의 이목을 끌며 내게 맞절을 시도한 그분도 예사롭지 않은 한국인 같았다). 한국 퀴어들과의 만남도 반가웠지만 국적과 상관없이 모두가 퀴어 굿즈를 하나씩 들고 서로가 서로를 환영하는 자리였다. 내 몸을 찾는 여정을 멈추지 않고 계속해서 걸어온 내 삶과 나 자신을 축하해주는 것 같았다.

"꿈을 이루셨네요"

꿈 같던 퍼레이드를 마치고 사흘간의 태즈메이니아섬 여행을 시작했다. 2023 서울퀴어문화축제 집행위원장이자 차를 소유한 멋진 여성 공학자, 친구 강현주 씨와 함께였다. 현주는 자타공인 베스트드라이버이기도 해서 차를 렌트해 섬 구석구석을 돌아다닐 수 있었다. 자연 보호가 잘되어 있었고 곳곳에서 야생동물들을 만날 수 있었다. 야생에서 구조된 동물을 위한 보호소에선 관광객들에게 일부 시설을 개방하기도 했는데, 운좋게도 12년 전 호주에 왔을 때는 한번도 보지 못했던 캥거루를 볼 수 있었다. 드디어 캥거루를 보고 나니 정말 반가웠다. 이 기쁜 마음을 표현할 때마다 현주는 "꿈을 이루셨네요. 멋진 여성이시네요"라며 내 성별정체성을 존중해주는 리액션으로 즐거움을 더해주었다. 그밖에 현주가 내게 하사한 타이틀로는 이런 것도 있었다. '이국의 섬 끝자락 해변에 방문한 대한민국 젠더' '박씨 집안 사람들 중 한국에서 가장 멀리 떠나본 트랜스젠더이자 최초의 트랜스젠더' '조상들이 대견해할 트랜스젠더'……. 그렇다. 그게 나였다.

용심도 났다

　　태즈메이니아에서 나온 뒤론 18일 동안 홀로 여행을 했다. 열다섯시간 기차를 타고 시드니에서 브리즈번으로 이동하면서 호주의 밤하늘을 원없이 구경했다. 하루에 2~3만보는 꼭 걷겠다는 각오로 가방에 물과 복숭아를 넣고 구글맵에 보이는 여행 명소들을 찾아다녔다. 끼니는 주로 마트에서 소고기, 딱딱한 복숭아, 마운틴듀 그리고 세일 품목을 사서 해결했다. 날씨가 너무 더운 탓에 준비한 멋진 옷들은 거의 입지 못했다. 수술 후여서 그런지 좋은 옷을 입고 외모를 꾸미고 싶다는 생각은 거의 들지 않았다. 소매가 파인 옷이나 스포츠브라에 간단히 바지를 입는 게 편했다. 잠은 주로 백패커들이 묵는 숙소에서 잤다. 남성전용룸은 성별정정을 한 이상 절대 들어갈 수 없었고 여성전용룸은 트랜스젠더라는 게 알려지면 혹시나 불편해할까봐 아직 들어가기가 두려웠다. 다행히 혼성룸이라는 선택지가 있었다. 대부분 남성들이 이용하지만 경험해보니 그들은 대부분 거의 외출 중이라 마음이 편했다. 가끔은 샴푸나 선크림을 빌려주며 안면을 트기도 했다.

숙소에서 자유롭게 움직이는 사람들을 보고 있으면 신기했다. 거의 이십대로 보이는 젊은이들이 워킹홀리데이 비자를 받아 돈을 벌기도 하고 여행을 다니기도 하는 모양이었다. 자유롭게 바다로 나가 수영하거나 밤새도록 떠들며 처음 보는 이들끼리 잘 어울리는 모습이 신기했다. 내가 이제야 느끼는 신체적·정신적 자유로움을 저들은 이미 충분히 느끼고 있는 것 같아 부럽기도 했다. 내가 너무 늦은 걸까? 더 욕심을 내서 더 빨리 성확정수술을 했어야 했나? 하지만 이미 답을 알고 있는 후회는 애써 마음속에서 지워냈다.

옆방에서 젊은 여성들의 목소리가 들려왔다. 길에서 처음 보는 남자와 데이트를 했다는 이야기, 캐리어를 뒤져 가장 예쁜 옷을 입고 나가 세시간 만에 키스를 했다는 이야기 등 자기들끼리 웃고 떠들고 있었다. 나도 숙소 근처 마트에서 내게 말을 거는 낯선 남자와 만난 적이 있었다. 잠깐의 데이트를 했지만 트랜스젠더라고 이야기하니 난처한 얼굴로 미안하다는 답이 돌아왔다. 그는 거의 도망치다시피 내 곁에서 달아났다. 분명 성확정수술을 하고 난 다음에도 여전한 삶의 쓸쓸함이 있었다. 처음부터 트랜스젠더라고 말하지 말아야 했을까? 도대체 왜 나에게 미안하다고 한 걸까? 나로선 정말로 그에게 미안해할 만한 이유를 만들어주지 못해서 미안했다. 그리고 자기 나이에 맞게 삶을 즐기고 있는 시스젠더 젊은이들을 보니 몰래 용심이 나기도 했다. 나는 그들이 지금 느끼는 자유로움을 너무 늦게 누리고 있다는 아쉬움 때문이었다.

그래도 가만있을 박에디가 아니지. 나만의 즐거움을 찾기 위해 데이팅 앱 사용권을 결제했다. 내 또래 삼사십대를 대상으로 앱을 돌려보니 생각보다 많은 이의 관심이 쏟아졌다. 2주 동안 5000개의 '좋아요'를 받았다. 몇명과는 직접 데이트도 해보았다. 사람들을 만나다보니 우울했던 마음이 조금씩 가라앉았다. 데이팅 앱에서 만난 사람들이 얼마나 진심인지는 중요하지 않았다. 성확정수술을 하고 난 내 모습에 누군가 관심을 보여주고 긍정해주는 게 좋았다. 물론 이상한 사람도 만났다. 내가 트랜스젠더라는 걸 믿을 수 없으니 증거를 보여달라는 사람이었는데, 그 정도로 내 트랜지션이 완벽했다는 칭찬으로 이해하고 고맙다는 말과 함께 차단해버렸다. 한동안 복잡했던 마음을 이렇게 달랜 후 나는 다시 걷기에 집중하며 브리즈번과 골드코스트의 다양한 트래킹 코스를 즐겼다.

내가 시드니로 돌아온 건 귀국 나흘 전이었다. 호주 여행을 마무리하기 위해 12년 전의 추억이 담긴 곳들을 돌아다녔다. 8개월간 머문 집과 출퇴근하던 역, 일하던 곳, 외로움을 달래기 위해 갔던 곳, 자주 가던 한인 마트 등을 찾아보니 많이 변해 있었다. 알아볼 순 있는데 간판이 달라지기도 했고 아시아인들이 훨씬 많아져서 기억과는 다른 분위기를 풍겼다. 여행 전에 이곳을 다시 보게 되면 달라진 내 모습에 벅찬 감동을 느낄 거라 생각했지만 잠시뿐이었다.

한때 이곳에서 바라던 소망들이 생생하게 떠올랐다. '지금은 일하러 왔지만, 다음에 호주에 올 때는 여행하러 올 거야' '누구도 내 모습을 기억하지 못할 정도로 멋진 여성이 되어 돌아와야지' '누구라도 말을 걸고 싶은 당당한 사람이 되어 돌아올 것이다' 이런 유치한 바람들을 품고 있던 때였다. 당시엔 호주 거리를 누비는 멋진 언니들, 즐거워 보이는 관광객들, 행복한 커플들을 보며 이런 꿈을 꿨던 것 같다. 지금 사귀고 있는 애인은 없지만 나 역시 당당한 여성이 되어 호주 곳곳을 여행하고 있으니, 수술 전 꿈꾼 일들을 거의 다 이루었다는 걸 새삼 깨달았다. 그동안 나로서 잘 살아왔으며 수술 전후의 과정도 잘 겪어냈다 싶었다. 지금의 나는 무력했던 12년 전과는 달리 너무 많은 것을 가지고 있었다. 이젠 전보다 화장을 잘한다. 화려한 연애 경험은 없지만 데이트도 몇번 했다. 전셋집에서 강아지와 함께 산다. 풍족하진 않지만 굶어 죽지 않을 정도의 수입도 있다. 모든 게 절박해 무작정 호주로 떠났던 옛날과는 전혀 다른 세상을 살고 있었다. 이렇게 나는 과거를 여행했고, 그 여행은 네시간이면 충분했다.

미리 예약한 숙소로 돌아와 근처 해변으로 나섰다. 스노클링 장비를 챙긴 채였다. 두번째 스노클링이었다. 며칠 전 첫번째 스노클링을 할 때는 커다란 파란 물고기를 만났었다. 크기가 내 16인치 노트북만 한, 눈까지 파란 물고기. 사람이 가까이 가도 피하지 않고 먹이를 먹는 데만 집중하던 그 물고기를 또 보고 싶었고, 거짓말처럼 다시 볼 수 있었다. 그때 봤던 물고기와 같은 녀석인지는 알 수 없었지만 내 눈에는 똑같아 보였다. 물고기와 악수하고 싶었다. 그러나 만지는 건 금지였다. 악수를 청하듯 주변을 맴돌다가 손을 흔들며 인사를 했다. 신기하게도 그 물고기는 내 몸 주변을 한바퀴 돌더니 손바닥을 스쳐 지나갔다. 손이 그저 먹이처럼 보였던 건지, 정말 마음이 통했던 건지 모르겠지만 그동안 수고했다며, 호주의 대자연이 내게 건네는 인사처럼 느껴졌다. 역시 나는 해외에서 살아야 할 팔자인가? 아무튼 이렇게 12년 만의 호주 여행이 끝났다.

자기만의 보물지도를
펼쳐서 삽시다

3년 동안 다섯명의 퀴어 친구를 연속으로 떠나보냈다. 다섯명 모두 개성이 강하고 멋진 친구들이었다. 나와 아주 가까운 사이는 아니었지만 퀴어 모임에서 만나면 늘 반갑게 인사하고 부담없이 사진을 찍으며 안부를 나누곤 했다. 고등어 슬리퍼를 신고 다니며 늘 우울한 이야기를 해서 주변을 난감하게 만들던 친구, 늘 옷을 멋지게 입고 다니면서 나만 만나면 트랜지션에 대해 집요하게 질문하던, 그러다 결국 어느날 트랜지션을 하고 나타난 친구, 퀴어퍼레이드에 가져갈 피켓을 잘 만들고 카메라 앞에서 포즈가 멋졌던 친구, 성소수자 인권단체에서 열심히 활동하며 그곳에서만 자유를 느끼던 동생, 그리고 변희수 하사님. 이들이 떠나가며 호소한 고통과 힘듦을 나도 잘 알았다. 장례식장에 가는 게 점점 익숙해졌고 그들의 엔딩이 나의 엔딩이 될 수도 있겠다는 생각도 들었다. 고맙게도 친구들은 비보를 들을 때마다 내게 괜찮으냐고 물으며 안부 전화를 걸어주었다. 처음엔 반가웠는데 이런 일이 반복되니 점점 부담스러워졌다. 난 괜찮다고 답하기가 어려웠다. 안 괜찮아도 솔직하게 말할 수 없었다.

애도하기도 바쁜데 비슷한 시기에 인터넷상에선 활발하게 트랜스 혐오가 일어나고 있었다. 자기 이름을 걸고 혐오에 앞장서는 사람들이 눈에 띄었다. 트랜스젠더의 여대 입학을 반대한다는 성명문, LGBT(Lesbian, Gay, Bisexual, Transgender를 합쳐 성소수자를 지칭하는 약어)에서 'T'를 떼어내야 한다는 주장, 트랜스 여성이 시스 여성의 인권을 위협한다는 주장 등 혐오의 말들이 넘쳐흘렀다. 그 혐오가 마치 신성한 일인 것처럼 본분을 다해 여자대학을, 군대를, 가정을 지켰다며 자랑스럽게 떠드는 말소리가 들려왔다. 그러다보니 여대 앞 지하철역이나 이태원역 주변은 평소에 자주 걸어다니던 곳인데도 갑자기 지나가기가 조심스러워졌다.

연속적으로 벌어진 이 모든 일이 내게 영향을 주고 있었다. 동굴 속에 들어가고 싶었다. 갈증과 허기를 분간하지 못하고 몸을 상하게 하는 음식을 아무거나, 아무 때나 계속 폭식했다. 힘이 없어 누워 있고 싶었지만 누워 있다고 해서 잠을 잘 수 있는 건 아니었다. 멀뚱멀뚱 뜬눈으로 밤을 새고 다음 날 그냥 출근하는 날들이 많아졌다. 열심히 살 필요가 있나, 처절하게 살아낼 필요가 있나 싶은 회의적인 생각들이 머릿속을 오고 갔다. 일상에 문제가 생기니 일의 능률도 떨어졌다. 세상이 이유 없이 나를 싫어하는 사람들로 넘치는 것 같을 때, 아무리 노력해도 삶이 나아지지 않을 거란 막막함에 휩싸일 때 인간이 어디까지 무기력해질 수 있는지 그 한계를 경험하고 있는 것 같았다.

안 되겠다 싶어 평소에 안 하던 것들을 시도했다. 이태원에서 미아사거리까지 자전거로 통근하기 시작했다. 새로운 곳을 가거나 자주 안 다녀본 골목을 일부러 찾아갔다. 갑자기 집안 가구를 재배치하고, 누워 있는 강아지 뒤에 누워 아무것도 안 하면서 한두시간 동안 강아지들의 시선이 가는 대로 나도 따라서 멍하니 눈알을 굴려봤다. 휴일에는 차 있는 친구에게 무작정 전화해서 어렸을 때 살던 동네를 한바퀴 돌아보기도 했다. 아무래도 나는 힘든 시기가 찾아왔을 때 영화 속 주인공들처럼 기지를 발휘해 역경을 극복할 순 없었다. 그저 매일 해야 할 일을 하나씩 해나가며 하루하루 버텼던 게 전부였다.

그렇게 시간을 흘려보내고 있는데, 예상치 못한 일이 일어났다. 절대 변하지 않을 것 같던 엄마가 작은 변화를 보여준 것이다. '트랜스젠더'라는 단어를 먼저 입 밖에 내뱉는 일이 절대

없던 분인데, 어느날 갑자기 전화로 이런 이야기를 꺼냈다. "아직도 사람들이 퀴어축제를 많이 반대하니? 할 일이 그렇게도 없나. 정말 이상한 사람들이야." 정말 놀라웠다. 엄마는 내가 트랜지션을 시작한 이후 아무리 나를 '에디'라 불러달라고 간청해도 '아들'이라고 부르는 사람이었다. 집안에 아들이 없다는 이유로 엄마는 어렸을 때부터 온갖 설움을 당했다고 한다. 그래서 엄마에겐 자신이 낳은 아들을 '아들'이라 부르는 것이 각별했고 의미있게 느껴졌다고 한다. 내가 서른이 넘었을 때에도 엄마는 내 이름 대신 나를 '아들'이라고 불렀다. '딸'이라고 불러주는 건 바라지도 않으니 '에디'라고 불러달라 해도 엄마는 변하지 않았다. 한번은 엄마 전화를 받자마자 들려온 '아들' 소리에 분노가 치밀어올라 고함을 친 적도 있다. "몇번이고 아들이라 불리는 거 싫으니 에디라고 불러달라고 부탁했는데, 그게 그렇게 들어주기 어려워요? 아들이라 불릴 때마다 내 감정이 어떤지 잘 설명했는데도 왜 아직 아들이라고 하는 거야?" 끼니를 챙겼는지 안부를 물으려고 했던 엄마는 전화기 반대편에서 무척 당황하고 있었다. 그날 나는 엄마가 나를 이해하려는 노력을 안 하는 것 같다고 쏘아붙이곤 삼각지에서 녹사평으로 가는 길 한가운데서 펑펑 울었다. 그런데 이제는 엄마가 먼저 퀴어 이슈에 대해 아는 척을 해주다니? 엄마는 신문을 통해 트랜스젠더들의 자살 소식을 접했다고 했다. 그래서 나도 걱정이 됐다며, 다른 트랜스젠더들이 더이상 슬픈 선택을 하지 않게 서로 손도 잡아주고 도우며 살라는 당부를 덧붙였다. 엄마는 내가 얼마나 괴로운 상태인지 알고 있는 것 같았다. 엄마의 변화가 낯설면서도 기쁘고 반가웠다. 지금까지의 노력이 무의미하진 않았구나 싶었다. 무기력한 상태는 여전했지만, 죽고 싶다는 생각은 확실히 전보다 덜 빈번해졌다.

지금도 괜찮다 말할 순 없다. 앞으로도 아무렇지 않은 척 살 수는 없을 것이다. 힘든 일은 분명 계속될 것이다. 내가 하는 일이 무가치하고, 열심히 해도 결말이 좋지 않을 수 있다는 생각은 수시로 든다. 그럴 때면 내가 살았던 곳, 내가 일했던 곳, 내가 한 인터뷰, 내가 사회를 본 행사를 정리해놓은 '나의 삶 기록표'를 본다. 그 기록들을 보다보면 생각이 달라진다. 미래에 대한 불안함이 아니라 내가 지금까지 해온 일, 조금이라도 나아진 상황에 초점을 맞추게 된다. 그래도 잘 살아왔구나 생각하게 되는 것이다. 별것 아니지만 내가 해낸 일들, 트랜스젠더로 나를 인정하기 전까진 시도조차 하지 않았을 일과 그 결과물을 다시 상기하고 있다. 이것은 이제 나의 일과다. 일부러 시간을 들여 '나의 삶 기록표'를 집중해서 보면 괜히 힘이 난다.

옛날 사진을 뒤져보면 남자 같은 나의 모습, 트랜지션을 하고 여성복을 입어도 어딘가 부자연스러워 보이는 내 모습이 눈에 띈다. 당시엔 무척 나 자신이 싫고, 부족해 보이고, 못나고 예쁘지 않다는 생각을 했다. 하지만 지금 돌아보면 이 순간들이 있었기에 지금의 내가 있지, 싶은 생각이 든다. 정말 아름다운 순간이었지. 나 스스로 잘 살아내려고 노력한 순간이었고, 실제로도 잘 살았던 순간이지. 이런 생각을 하면 예쁜 머리핀을 내 머리카락 사이에 꽂아볼 힘이 생긴다. 안 어울릴 거란 생각을 하지 않고, 자신감 있게 예쁜 여성복도 더 많이 입어보고 싶다. 그러면서 우리 강아지들의 냄새도 하루라도 더 맡아보고, 이런 식으로 보물찾기 하듯 하루를 살아내고 있다. 내게 잘 사는 삶의 기준은 늘 최저 수준으로 잡혀 있다. 살아 있는 것만으로도 정말 잘 살고 있다는 것. 너무나 뒤늦게 알게 된 사실이지만, 남들이 찾으라는 보물 말고 내가 정한 보물을 찾는 게 더 의미있다. 나는 앞으로도 삶에서 찾은 반짝이는 보물을 사람들 앞에 자긍을 담아, 애정을 담아 자랑하며 살아갈 것이다.

나는 이렇게 살고 싶습니다

요즘 환생물이 유행이다. 나 역시 다시 한번 이 삶을 살아 본다면…… 하고 만약의 삶을 가정해본 적이 있다. 다시 나, 박 에디로 태어난다면 우선 트랜스젠더 차별을 금지하는 법이나 성소수자를 위한 복지 시스템을 갖춘 국가에서 편안한 마음으로 대학을 '잘' 다녀보고 싶다. 입학 후 나를 소개하는 자리를 상상해본다. '반가워. 나는 닌텐도와 플레이스테이션 게임을 좋아하는 트랜스 여성 박에디라고 해. 트랜지션을 했고 성확정 수술도 마쳤어. 앞으로 잘 부탁해!' 이렇게 자기소개를 하면 내가 트랜스젠더라는 것보다는 닌텐도와 플레이스테이션을 좋아한다는 사실에 반응해주면 좋겠다. 그리고 그렇게 '우리'가 된 친구들과 평범하게 진로 고민이나 일상 이야기를 나누고 싶다. 관심 있는 분야를 찾아 공부하고, 가끔은 과제를 미루고 미루다 당일치기로 끝내는 스릴도 느껴보고 싶다. 어쩌면 끝내과제를 마치지 못해 선생님에게 혼날 수도 있을 것이다. 그럼내가 해내기엔 과제가 너무 많다고, 친구들과 장난스럽게 불평불만을 늘어놓을 수도 있을 것이다. 그리고 유머러스한 트랜스젠더 인생의 짬을 잘 발휘해서 학교 명물이 되어야지!

물론 상상은 즐겁다. 하지만 나는 현생을 살고 있다. 오늘에 성실해야 한다. 어느덧 트랜스젠더 인생이 삼십대 중반을넘어서서 사십대 이후의 삶을 바라보고 있다. 미래를 어떻게살아가야 할지 고민이 된다. 부모님에 대한 책임감도 느낀다. 아빠의 건강이 좋지 못한 것도 걱정이다. 한번은 엄마에게 이렇게 말했다. "마흔살 이후엔 나랑 같이 좋은 곳에서 집 짓고 살아요." 엄마는 그 말이 너무 고마웠다고 한다. 부모님을 모시고살 수 있을 거란 생각이 드는 건, 트랜지션과 성확정수술을 한내 몸 상태에 대해 여러번 설명을 드렸고 이제는 부모님도 어렴풋이 이해하고 계시기 때문이다. 절대 변할 수 없다고 생각한 부모님마저 어느덧 나를 조금씩 받아들이게 되었으니 정말다행이다.

엄마와 현실적인 계획을 짜본 적이 있다. 우선 앞으로 5년간 부모님과 나, 각자 1억원을 모아야 한다. 서울에서 한두시간거리이고 가능하면 아늑한 집이 좋을 것 같다. 집을 지어도 좋고 낡은 집을 리모델링하는 것도 좋다. 집을 구할 때 꼭 원하는 조건들을 엄마와 종이에 적어봤는데 모든 조건을 만족시키는 지역을 정하기가 어려웠다. 고향이나 이미 살아본 동네 사람들은 우리 가족사를 알고 있기에 나를 두고 말이 많을 것 같았다. 엄마에겐 이런 말도 했다. "아들이 딸이 되어 돌아왔다는 소문이 돌면 해명하기도 귀찮을 거야. 웬만하면 아무도 우리를 모르는 새로운 지역으로 가자. 안전한 환경에서 새 출발을 하고 싶어." 그러자 엄마는 정색을 했다. "남이사 뭔 상관이냐? 무시해버려라." 단호히 말해준 엄마에게 고맙다는 생각이 들었지만 마음이 썩 편하진 않았다. 외부에 내 모습을 드러내는 건 아무렇지 않고 당당하더라도 혹시나 나의 가족이 피해를 입을까봐 노심초사하는 마음이 있다. "엄마나 나나 친구들 사이에선 인싸잖아. 우리가 좀 멀리 이사 가도 친구들이 많이 찾아올 거야. 손님에게 방 하나 내줄 수 있는 곳으로 가자."

바라건대 그렇게 구한 집에는 조그만 텃밭이 있으면 좋겠다. 엄마와 내가 가족들이 함께 먹을 수 있을 정도의 채소와 예쁜 꽃을 키울 수 있는 텃밭. 강아지 온이와 열이가 자유롭게 뛰놀 수 있는 마당도 있으면 더 좋다. 여유가 있다면 유기 동물을 구조해 한둘 머물 수 있도록 공간을 내어줄 수 있으면 좋겠다. 집 근처엔 컨테이너 박스를 개조한 카페를 열면 어떨까. 동네 사람들이나 지나가는 운전자들을 위해 테이크아웃 커피를 파는 작고 알찬 카페. 지금껏 여러 카페를 전전하며 익힌 실력을 보여주리라. 아, 그리고 이런 나의 삶을 유튜브로 만들어도 좋겠다. 트랜스젠더 여성과 그 부모, 그리고 함께 사는 동물들의 이야기라니, 벌써 흥미롭다. 많은 구독 바랍니다!

좀더 욕심을 부려볼까. 나는 앞으로 연령과 상관없이 트랜스젠더의 다양한 삶과 계속해서 연결되고 싶다. 나보다 나이가 적은 트랜스젠더 당사자들이 만들어갈 세상도 보고 싶다. 이들과 대화할 때마다 깜짝 놀랄 때가 있다. 트랜지션 전에 자녀 계획을 미리 세우고 생식세포를 은행에 맡겨두는 등, 나로선 단 한번도 생각지 못한 미래를 그리고 있기 때문이다. 계획을 실행에 옮기는 행동력도 대단하다. 달라지는 시대와 가치관을 고려해 계속해서 새로운 기회와 가능성을 꿈꾸는 젊은 세대들. 이들과 계속 대화하며 시대를 호흡하고 싶다. 트랜스젠더, 더 넓게는 퀴어와 함께할 수 있는 활동이 있다면 적극적으로 참여하고, 휴식이 필요한 트랜스젠더 당사자에겐 안락함을 제공하는 쉼터 같은 사람이 되고 싶다. 이렇게 미래 세대를 만나기 위해 당장 내가 할 수 있는 일은 성별정체성을 고민하는 십대, 이십대 젊은이들이 자기 목소리를 많이 낼 수 있는 자리를 만들고, 동료들과 협력해 자기를 긍정할 수 있는 경험을 더 많이 해볼 수 있도록 돕는 것일 테다. 우리 목소리를 기록으로 잘 남겨 전달한다면 미래의 트랜스젠더들은 우리보다 더 평등한 곳에서 세상을 바라보게 될 것이고, 지금보다 더, 모두가 살기 좋은 세상을 만들어갈 것이라 믿어 의심치 않는다.

　나이가 들어 꼬부랑 할머니 트랜스젠더가 된다면 어떨까. '라떼는' 이야기를 많이 하는 사람, 그러니까 일종의 '증언자'가 되어보고 싶다. '옛날옛날에~ 트랜스젠더들이 화장실도 못 갔던 시절에~'로 말문을 열거나 '그땐 진단서를 꼭 받아야 호르몬 치료를 받을 수 있었다니까요' '수술을 안 하면 성별정정도 안 해주던 시대였어요' '트랜스젠더란 이유로 직장에서 해고되거나 가정폭력을 당하는 사람도 있었죠'라고, 내가 호들갑스럽게 옛날이야길 늘어놓으면 사람들이 '정말 그런 때도 있었어요?'라며 신기한 표정으로 바라봐주면 좋겠다. 내가 바라는 미래는 이런 일들을 겪지 않아도 되는 희망찬 미래니까. 모질고 답답한 삶의 여정이 역사의 한줄로만 읽히는 날이 온다면 나이 듦도 나쁘지 않겠지.

　10년 전까지만 해도 트랜스젠더들은 성형외과에서 눈치를 보며 호르몬 처방을 받아야 했다. 어떤 병원은 아무리 돈을 많이 줘도 트랜스젠더에게 필요한 성형수술은 해주지 않을 거라며 트랜스젠더들을 쫓아내기도 했다. 매체에선 성별정체성과 성적지향을 구분하지 못했고 어떤 TV 프로그램에선 '게이'와 '트랜스젠더'라는 말이 동의어로 사용되기도 했다. 그런데 지금은 트랜스젠더도 환영한다는 홍보 문구를 붙인 병원들이 있다. 트랜스젠더를 비롯해 퀴어를 위한 의료 서비스 확충과 의료 인권을 말하는 의사들도 늘어났다. 심지어 성소수자 자녀를 둔 부모님들이 자녀와 함께 성소수자 인권을 함께 외치기도 한다. '성소수자부모모임'이 바로 그 예다. 「너에게 가는 길」이라는 다큐멘터리도 만들어졌다. 이런 변화는 모두 최근 10년 새에 일어났다. 성소수자를 향한 혐오와 차별을 묵묵히 견디며 모두를 위한 세상을 만들기 위해 인권을 외친 사람들의 희생이 있었기에 오늘의 변화를 마주할 수 있게 되었다. 그러니 계속해서 우리는 우리의 안전과 당연한 일상을 지키기 위해 시끄럽게 소란을 피우며 견뎌야 한다. 미래의 트랜스젠더들은 더 마음 편한 세상에서 살 수 있기를 기대한다.

마지막으로 후배 트랜스젠더들에게 해주고 싶은 말이 있다.

다 괜찮습니다. 가슴이 두개든 세개든, 다리 사이에 뭐가 있든 없든 간에 그대가 온전해질 수 있는 몸이면 충분합니다. 그 몸과 마음으로 계속해서 살아갑시다. 고달픈 시간이 찾아오면, 궁상맞다 소리를 들어도 좋으니 포기하지 말고 치열하게 살아갑시다. 할 수 있다는 마음 하나로 걷다보면 놀라운 경험을 하게 될 테고 나를 반겨줄 멋진 사람들을 만날 수 있을 것입니다.

다시 한번 '나의 삶 기록표'를 펼쳐본다. 나름대로 재미있는 인생을 살았고, 살고 있는 것 같다. 어디 보자…… 벨기에 왕비님이 방한했을 때 한국의 성소수자 대표로 초청받은 적이 있고, 비영리단체에서 활동가로 살아보기 시작한 날짜도 적혀 있다. 미국 대사관이 주최한 문화 교류의 일환으로 미국 세 도시를 방문한 적도 있다. 한겨레신문에 두면짜리 기사가 나와 한 면뿐이었던 유명 정치인의 기사를 분량으로 이기기도 했다. 한때는 이태원 이쪽 클럽 사장님들과 전부 인사하고 지내며 내일이 없는 것처럼 파티에서 놀았다. 서울퀴어문화축제에선 3회에 걸쳐 수만명 앞에서 사회를 봤다. 그리고 지금은 다큐멘터리계의 '킹왕짱'인 김일란 감독님과 연분홍치마 팀이 나의 삶을 다룬 다큐멘터리 「에디와 앨리스」를 제작하고 있다. 청소년 성소수자들의 인권을 보호하기 위해 트랜스젠더 당사자로서 활동해온 사회혁신가 경력을 인정받아 카카오펠로우로 선정돼 열심히 움직이고 있다. 와, 나처럼 부족한 사람도 이렇게 살아내고 있는데, 더 뚝심 있고 매력적인 우리 후배 트랜스젠더와 퀴어 들은 앞으로 얼마나 더 멋진 경험을 하게 될까? 그대들의 가능성이 내 눈엔 보인다. 그러니 우리, 징그럽게 계속 살아가자.

박에디는 주변 사람들의 도움으로 만들어진 존재입니다. 늘 저에게 따뜻한 응원을 아끼지 않은 당신들 덕분에 제가 여기 있습니다.

이 책을 쓰는 동안

큰 도움을 주신 분들

든든한 나의 빽, 욕마저도 교양있게 전달하는 띵동 동료 인섭 ♥ 최고의 사회복지사이자 펭귄 박사 아델 ♥ 글쓰기 싫다고 징징될 때마다 멋지다고 최면을 걸어준 아림 ♥ 한없이 부족한 에디를 금이야 옥이야 귀하게 가르쳐 어엿한 인권 활동가로 키워주신 나의 선생님 정욜사마 ♥ 경찰들 앞에서 당당한 활동가는 어떤 모습이어야 하는지 몸소 보여주신 아현동 패션피플 임태훈 군인권센터 소장님 ♥ 최고의 뮤지션이자 글쟁이인 슈퍼 레즈왕 려수 ♥ 넘버원 베스트 드라이버이자 여성 공학자, 서울

퀴어퍼레이드 집행위원장인 완전 능력자 현주 ♥ 늘 옆에서 의지할 수 있는, 나와 커피를 함께 마셔주는 든든한 부치이자 인권 활동가 홀릭 ♥ 에디를 에디로서 긍정할 수 있게 도와주신, 내게 꼭 책을 써야 한다고 말해주신 한채윤 샘 ♥ 글로 만나면 무서운데 직접 만나면 세상 따뜻한 미소천사, 레전드 여성학자, "에디 글 잘 써!"라고 응원해주신 권김현영 샘 ♥

에디의 이야기가 듣고 싶다며

다큐멘터리 작업을 제안해준

성적소수문화인권연대 연분홍치마의

「에디와 앨리스」 촬영팀

최고의 다큐멘터리 감독 어깨깡패 김일란 샘과 조소나 PD님, 조연출 오연 샘 ♥ 촬영 천재이자 수평 마스터 철녕 샘 ♥ 촬영 수재이자 찰나 마스터 새별 ♥ 「에디와 앨리스」의 공동 주연이자 나와 함께 트랜스젠더 여성의 삶을 보여줄 앨리스 언니 ♥ 연분홍치마 덕분에 성확정수술 준비과정부터 수술, 회복과정까지 자세히 영상으로 남길 수 있게 되어 감사한 마음입니다. 응원하며 개봉을 기다리고 있겠습니다.

에디를 동료로 맞이해주고 활동가로 키워준

청소년 성소수자 위기지원센터 띵동 지킴이들

꼼꼼 대마왕! 맡은 일은 확실한 듬직 보통사마 💜 법에 능통한 법잘알이자 나중에 꼭 다카라즈카 배우랑 인연을 맺게 될 지은짱 💜 모금하려고 태어난 듯한 일잘러이자 에디의 영원한 개그 듀오 지희짱 💜 자극적인 옆자리 젠더의 개그 드립을 온몸으로 받아주고 놀아준 천사 오토바이남 상훈 샘 💜 인생 2회차가 아닐까 싶은 일 잘하기로 소문난 내면도 외면도 선배 같은 성실한 호찬짱 💜 그리고 띵가띵가 자원활동가분들과 새로 들어오신 상임 활동가 두분까지 모두 사랑해요! 💜

그리고 꼭 고마움을 전하고 싶은

에디 친구들

무한 애정으로 늘 도움 주시는 모두의교회 P.U.B 고상균 목사님과 구성원분들 ♥ 내 눈엔 「검은사제들」의 강동원 같으신 자캐오 신부님과 길찾는교회분들 ♥ 늘 그의 도움만 받았으며 너무나 사랑했었고 지금도 사랑하며 앞으로도 사랑할 섬돌향린교회의 故 임보라 목사님과 구성원분들 ♥ 가장 낮은 자에게 임한다는 예수님의 모습을 알게 해준 무지개예수 선생님들 ♥ 청소년들에게 다가가는 법을 가르쳐준 EXIT(미혜, 나경, 인성, 홍복, 상윤, 한낱, 뚱땅, 동화, 예슬, 따이루, 에녹 수녀님, 초롱, 다은, 지수) ♥ '재생산'이라는 단어를 알려준 원더우먼들 셰어(성적권리와 재생산정의를 위한 센터 SHARE) ♥ 존재만으로도 대명사가 되는 이반지하 압지 ♥ 군대 내에서 발생하는 모든 인권 문제 해결에 앞장 서는 군인권센터(특히 형남, 상열 샘 사랑해요) ♥ 광화문 하면 떠오르는 무지개 깃발 지킴이, 언제나 든든한 행동하는성소수자인권연대 🖤 부족한 에디에게 듣는 이의 마음 자세를 가르쳐주신 트라우마치유센터 사람마음 🖤 이사로 이름을 올리고 있지만 큰 도움이 되는 것 같지 않아 죄송한 마음인 한국다양성연구소 🖤 단체 이름부터 참 애정이 가는 트랜스해방전선 🖤 커뮤니티 알의 소주, 소리, 한별(모두 사랑해!) 🖤 언젠간 우리 엄마도 꼭 데려가고 말 테야. 무지개 부모님들이 모인 성소수자부모모임 🖤 마음의 고향이자 영원한 자매, 친구사이와 지보이스 단원들 🖤 인권이란 단어의 의미를 알려준 트랜스젠더 인권단체 조각보 🖤 말해 뭐 해! 늘 존경의 마음을 보내게 되는 비온뒤무지개재단(특히 리인짱!) 🖤 퀴어 정보가 궁금하면 가장 먼저 찾게 되는 한국성적소수자문화인권센터 KSCRC와 한국퀴어아카이브 퀴어락 🖤 매년 6월과 7월이 되면 내 마음을 무지개로 수놓는 서울퀴어문화축제/퀴어영화제기획단 🖤 화끈한 퀴퍼하면 빼놓을 수 없는 대구퀴어문화축제/퀴어영화제기획단 🖤 서울퀴어문화축제가 열릴 때마다 수어통역을 해주셔서 명절 친척처럼 인사를 나누게 되는 반가운 진석 샘 ♥ 나에겐 대장금이자 허준이나 다름없는 고대안암병원 젠더클리닉 나현 샘과 해령 샘 ♥ 성확정수술 후 회복을 도와주고 계신 순천향대병원 젠더클리닉의 이은실 교수님 ♥ 젠더 의학계의 스타 강동성심병원 젠더클리닉의 김결희 샘 ♥ 트랜스젠더 동생들이 너무 좋아하는 차별 없는 병원, 색다른의원의 최예훈 샘(당신의 남다른 유머감각을 사랑합니다) ♥ 퀴어영화하면 떠오르는 동윤 샘 ♥ 다일레이터 정말 잘 쓰고 있어요. 하선 샘 당신은 저에게 은인입니다 ♥ 사진 잘 찍는 젠더 교란자 민수짱! 또 사진 찍어줄 거지? ♥ 당신도 옆에서 사진 찍어줄 거죠? 젠틀한 우리 조새짱 ♥ 계량한복이 참 잘 어울리는 터울 샘 ♥ 국내 최초의 성소수자 구의원으로서 어엿한 정치인이 된 우야 샘 너무 응원합니다! ♥ 나랑 동갑이라고 해서 깜짝 놀란 '한국교회를 향한 퀴어한 질문' 큐앤에이 이동환 목사님과 김유미 활동가 그리고 노랑조아 님 ♥ 나를 스탠드업 코미디언으로 키워준 스탠드업그라운

드업2 팀 ♥ 늘 제게 박수를 보내준 드랙킹콘
테스트 팀(특히 상훈 샘 정말 애정합니다) ♥
수식어가 필요 없는 찐사랑 장서연 변호사님
♥ 나중에 꼭 캠핑카 태워줘야 해! 늘 멋진 이
경 님과 하나 님 커플 ♥ 우린 늘 연결되어 있
어 황박재경 ♥ 까먹으면 안 되는 화영 언니
♥ 정장이 잘 어울리는 박장군 ♥ 나의 영원한
트랜스젠더 라이벌(나만 그렇게 생각합니다)
이자 멋지다고밖에 표현이 안 되는 한희 언니
♥ 든든한 뒷배가 되어주는 류민희 변호사님
♥ 굶고 다니지 말라고 챙겨주는 엄마곰 님 ♥
책 나오면 얼른 전해드리고 싶은 김승섭 교수
님 ♥ 멋진 상담사 라이더 샘 ♥ 에디를 그림으
로 그려주신 예술가이자 매력쟁이 목사님 진
영 샘 ♥ 내가 잊은 줄 알았지? 카페 운영할 때
진짜 고마웠어 재필찡 ♥ 카페 운영 시절을 떠
올리면 빼놓을 수 없는 고마운 사람들 성원 샘
♥ 전도사 포도짱 ♥ 맥주 하면 떠오르는 후니
훈 ♥ 내게 처음으로 책을 선물해준 지성 샘 ♥
나를 플레이스테이션의 세계로 안내해준 윤
철 님 ♥ 존재 자체가 명품인 우유진짱 ♥ 큰사

람의 씀씀이를 알려준 상은·선아 언니 ♥ 애정하는 의표 샘 ♥ 비영리 활동에서 만난 인연, 따뜻한 마음이 아직도 느껴지는 선아 샘 ♥ 정옥 샘, 영신 샘, 미소가 참 멋진 마루샘 ♥ 저 사람 천재인가 싶은 민규짱 ♥ 멋진 활동가 클라라 윤 님 ♥ 언제나 따뜻한 미소 승환 샘 ♥ 돈 많이 벌면 정식으로 세무 업무 요청을 드리고 싶은 나기 님 ♥ 글씨도 잘쓰고 뜨개질도 잘하는 상윤 샘 ♥ 뭘 하든 사랑스럽게 응원해주는 까밀로 ♥ 동생인데도 밥 사주고 챙겨주고 먹이고 입혀주는 거의 보호자 이스틴 그리고 지현짱 ♥ 나의 롤모델 연예인 정글 언니 ♥ 인간의 아름다움을 알려준 시아 ♥ 매력만점 내 마음속 이효리 예원이 ♥ 인생은 하고 싶은 거 하고 살아야 된다고 알려준 멋진 우리 언니 ♥ 대하 언제 먹어? 언젠간 꼭 같이 일하고 싶은 꼼꼼이 희정 ♥ 매력쟁이 수영 ♥ 시드니를 정복한 능력쟁이 Ambla ♥ 간지 수진 언니 ♥ 아름다운 아티스트이자 내 눈엔 너가 제일 짱인 키라라 ♥ 나를 나답게 꾸밀 수 있도록 보살펴준 맏언니 리아 언니 ♥ 나를 마음 편히 살게 해준 보험왕 지영 언니 ♥ 하우스댄스 1인자 용욱 언니 ♥ 한다면 하는 매력만점 션 ♥ 이태원에서의 삶을 가르쳐주고 나를 보살펴준 영원한 나의 오라버니 마크 ♥ 고맙고 반갑고 사랑하는 허리케인 김치 히지 ♥ 부족한 나를 친구로 대해주고 애정 넘치게 사랑해주는 지연, 현숙 ♥ 10년 넘게 에디의 친구가 되어준 선한이 그리고 비제이 ♥ 내 안에 잠재된 끼를 찾게 해준 평생 언니 양오 언니! 한군 언니! ♥ 사랑을 가르쳐준 내 교회 ODMCC 크레이그 목사님, 영옥 언니, 준걸, 씨제이, 크리스, 대니얼, 준, 안드레아, 존 블레이크, 조셉, 요한, 글렌코코 ♥ 띵동에서 만난 다채로운 색을 가진 청소년 성소수자 분들! 너무 고마웠고 사랑해요! ♥ 열이와 온이를 함께 키워주며 나와 가족이 되어준 수달 샘 ♥ 지속적으로 활동할 수 있게 지원해주신 카카오임팩트 펠로우십 1~3기(특히 클로이, 올리브, 제롬, 이든 샘) ♥ 성확정수술비 모금에 참여해주신 모든 분들 ♥ 마지막으로 나의 글들이 책으로 묶일 수 있도록 트랜지션 해주신 김새롬, 김유경 편

집자님에게 고마움을 전합니다. 미처 이름을
다 적진 못했지만 저의 삶에 많은 도움 주신
여러분들께 진심으로 감사드립니다. 에디는
언제까지나 이렇게 많은 분들의 도움으로 살
아가는 존재임을 잊지 않겠습니다. 앞으로도
잘 부탁드립니다.